夫婦がセックスレスになる時、
女性が本当はして欲しいこととは？
そして、男性が本当は思っているけど
口に出して言えないこととは？

日本における夫婦の数は現在、
約3000万組と言われている。
そして、そのうち50パーセントに上る夫婦が
「セックスレス」に悩んでいるのだとか。

つまりこれは、そんな1500万組の夫婦の
声に出せない叫びが「主人公」となった物語だ。

PROLOGUE

手術をするわけでもなく、
そのように振る舞うでもなく、
オスがメスへ、そしてメスがオスへ性転換を遂げる。
そんなことが現実にあり得るだろうか。

実はワタシたちが住むこの地球上に、
実際に遺伝子レベルで性転換を遂げる
世にも不思議な動物たちが存在している。

例えば、オーストラリアに生息するフトアゴヒゲトカゲ。
どういうわけか、気温が36度を超えると、
卵の中でオスだったはずの個体が、
メスとして孵化することが研究により分かっている。

また、フロリダ近海やメキシコ湾、カリブ海に
生息する小さな魚・ブルーヘッド。
1匹のオスを中心にハーレムを形成しながら、
命のバトンを繋ぐこの魚。
しかし、オスの命が途絶えたり行方不明になったりすると、
残ったメスの中で一番大きな個体が
オスに変貌を遂げるのだ!

この物語の主人公である、

リョウコとアキラは、結婚10年目の夫婦。

マイホームを手に入れ、子宝にも恵まれたこの2人。

一見、誰が見ても順風満帆の生活を送っているように思えるが、

2人にしか分かり得ないトラブルが発生していた。

現代の言葉で言う「セックスレス」である。

法律的なセックスレスの定義は定められていないものの

この夫婦は約2年半もの間、夜の営みを行っておらず、

セックスレスであることは否定のしようがなかった。

「ああ、もう女性として見られてないのかな……」
リョウコは何度も何度もそう嘆いた。

そんな2人に、世にも奇妙な出来事が起こったのは、
8月19日の10回目の結婚記念日を迎えた日。
まさか、女性として見られないどころか、
実際に女性のカラダとなくなってしまう
現実が待っていようとは。

というのも……

とあることがきっかけで、
2人のカラダが入れ替わってしまったのだ！

そう、夫のアレが妻に、
妻のアレが夫になったということである。

つまりそれは、

声に出して言えなかった性の悩みや、

恥ずかしくて蓋をしていた思いなど、

あらゆる〝恥部〟が、

入れ替わってしまったことを意味していた。

そんな数奇な運命を迎えた2人には

一体、どんな未来が待っているのだろうか。

それはぜひ、あなた自身の目で確かめていただければと思う。

ただしこれだけは言える。

アキラとリョウコが迎える未来の姿は

セックスレスで悩むあなたはもちろんのこと、

イケないことや、すぐにイクこと、

もしくは加齢によるカラダの変化や不倫など

切実な「性の悩み」で苦しめられている全ての人に

間違いなく勇気と希望を与えることだろう。

恥部替物語《ちぶかえものがたり》

もしもセックスレス夫婦のカラダが入れ替わったら

KUNOTA CHIHO PRESENTS

クノタチホ

SWITCHED OF SS

IF THE
BODIES
SEXLES
COUPLE
ARE SW

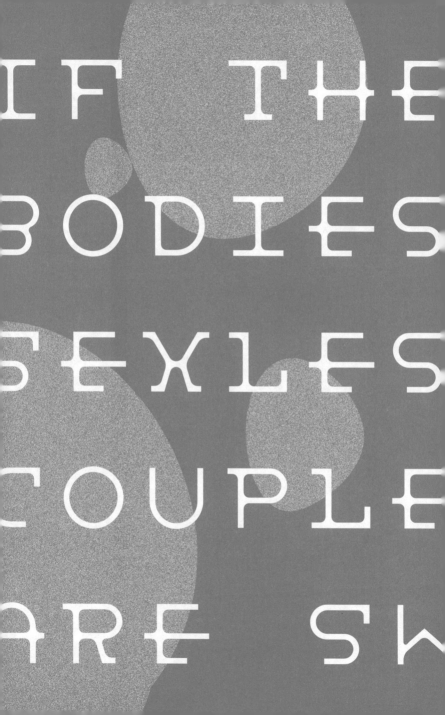

CONTENTS

デザイン　山田知子＋門倉直美（chichols）
DTP　朝日メディアインターナショナル
校正　ペーパーハウス
編集　岸田健児（サンマーク出版）

DAY 0

セックスはどこに置いてきた？

マイホームがあって、仕事も順風満帆。
さらに2人の子宝に恵まれているし、友人関係も良好。
持っているものがこんなにも多いのに、
ワタシたち夫婦の間には「セックス」だけがなかった。

新婚の頃は、そりゃもう毎日とでも言うくらいお盛ん。多分ワタシたちは、その当時の生活のどこかにセックスを置き忘れてきたのだ。この事実が今のワタシを苦しめている。

ところが、それ以外のことが何もかも上手くいっている（ように見える）夫婦にとって「セックスレスなんて大きな問題ではない」。

誰に相談してもそんな風にしか扱ってもらえなかった。

「好きでもない旦那にセックスの要求をされて苦しんでいる女性も沢山いるのに、むしろそんなストレスなく過ごせるなんてラッキーじゃない！」

そう言う近所のママ友もいれば、

「リョウコちゃん、まだ35歳なんだから、旦那にこだわらなくても他に楽しめる相手なんて探せばいっぱいいるよ。イマドキ不倫なんて普通、普通ぅ！」

などと不倫を唆してくる女友達もいた。だけど、家族を大事にしたい気持ちもあって、そこまでしてセックスを求める気には毛頭なれなかった。

ちなみにセックスレスで悩む女性に対する周りの女性からのアドバイスは前者が6割、後者が4割。それがワタシが周囲の女性たちに相談した個人的体験に伴う統計だ。

そもそも夫との間に「セックスがないこと」がなぜそんなにワタシを苦しめているのかと言えば……、ワタシに〝あんたはもう女として終わりよ〟〝残念ながらオワコンね！〃という烙印が押されたように感じるからである。

ワタシ自身のカラダに「使ってあげられなくてごめんね」と果たして何度謝ったことだろうか。

もちろん自分のカラダが返事をしてくれるわけもなかったけど。


そうそう、35歳という若さで女性としてオワコンを迎えたワタシは、「女性としての努力」をするだけで罪悪感を感じていた。

「オワコンの女がお洒落をしたとて」

「オワコンの女が体型を整えたとて」

「オワコンの女がアンチエイジングに励んだとて」

その思いが、ボトムのウエストをゴムに変え、下着を落ち葉のような色に変え、化粧水の量を減らしていくのだった。


今でこそはっきりと認識しているセックスレスも、最初は気のせいだと思っていた。

「なんだか最近、セックスの回数が減ったなあ」くらいに思っていただけだった。決定的に「ワタシたちはどこかへセックスを置き忘れたんだな」と確信したのは、おおよそ1年前のある夜の出来事だった。

忘れもしない。2番目の息子・天心を産んで半年経った6月6日。カレンダーに「悪魔の日」と書かれた日のことである。

ワタシは、そろそろ夜の生活を再開したいと思っていた。ほぼ1年半にわたる長い禁欲生活を敷かれたのだ。旦那のアキラもワタシと同じ思いだろうと勝手に確信していた。

そこで、「もう、できるよ。お待たせ」という思いを伝えようと、隣で寝ているアキラに自らのカラダを擦り寄せようとしたその瞬間……

「今日はもう疲れてるから、寝かせて欲しい」

そう言ってワタシのカラダを押し退けて背中を向けて寝てしまったのだ。

セックスを拒否されたのは、人生でこれが初めてだった。

女性としての存在価値をその一瞬で全て否定されたような感覚を味わった。

あまりのショックに頭が真っ白になった。

ワタシに向けたアキラの背中がとてつもなく大きな、大きな壁のように感じた。

長男の未来を出産した後は、ちょうど半年ぐらいでセックスできるようになったことを喜んでくれていたのに。

ワタシはこれが何かの間違いだと思い込もうとした。

ワタシに対する性欲が枯れていることがどうしても受け入れられなかったからだ。

諦めの悪いワタシは、この日から定期的にアキラをセックスに誘った。

下着を変えてみたり、
ボディクリームや香水などの匂いを変えてみたり、
ダイエットをしてみたり、
髪型やメイクを変えてイメチェンしてみたり、
寝室を模様替えしてみたり、
それでもアキラの背中はこちらを向いたままだった。

「ごめん、最近疲れてんねん。ゆっくり寝かせてくれ」

「ちょっと明日早いから、もう寝かせてくれるか?」

「ほんまはしたいねんけど、今日は寝てもええか? 疲れてて……」


要求を繰り返すうちにアキラの断り方にも気遣いが感じられるようになっていった。その気遣いが女性としてのワタシの自尊心を傷つけ余計に惨めにさせていた。そんなやり取りが約1年も続いて本日に至るわけである。


今日、8月19日はワタシたちの結婚記念日。

セックスレスだと認識してから初めての結婚記念日をどう過ごすのか不安だった。むしろちゃんと覚えてくれているのかすらも不安に感じていた。

ところがアキラもこの結婚記念日をきっかけに夫婦の仲を修復しようと目論んでいたようだった。なぜなら、仕事から帰宅してきたアキラの手元には、ワタシの好きなブランドの紙袋とケーキらしきものが見られたから。

何度もセックスを断っていたけどワタシのことや家族のことを大切にしようとしてくれているんだ！　そう実感できて、とても嬉しかった。

アキラが帰宅した21時過ぎには長男の未来も次男の天心も都合よく寝てくれていた。

アキラは夕飯を済ませると、

「シャワー浴びてくるわ」

と言って、ソワソワしながら風呂場へと消えていった。

〝これはひょっとすると！〟

ワタシはそう思った。

なぜなら、アキラはいつもダラダラとスマホでYouTubeを観たり、テレビを観たりで、寝る直前までお風呂に向かわない。そんな彼が今日はいつもより1時間半も早くお風呂に入ったのだ。

それに、男女があえて「シャワーを浴びてくる」なんて言葉を交わす時、その後に待っているのは「セックス」しかない。

答え合わせがしたい。そう思ったワタシは、探りを入れようと、

「ワタシも、もう1回シャワー浴びてくるね」とアキラに言った。

すると、彼から、「うん、そのほうがいいね」と返事が。

「間違いない！」と思った。

〝これでようやく地獄のようなセックスレスの日々から抜け出せる〟

そう思いながら、これまでのセックスレスで溜まった鬱憤を洗い流すように、いつもより入念にカラダを洗った。

シャワーを浴び終えると、ワタシは、鏡の裏の棚から1本のボディクリームを取り出し封を開けた。

商品名は、「ボディトーク」。これはセックスに奔放な友人に教えてもらった特別なクリーム。アダルトグッズを扱うネットショップで取り寄せたのだ。なんでも「カラダの声が聞こえてくるほど感度が上がる媚薬入り！」とのふれ込みだった。

説明書に書いてあったのはおおよそこんな感じの内容だった。

- 用法・用量をお守りの上、女性の身体全体に馴染ませるように塗ってください。
- 男性と密着した際、男性の身体にもボディトークが浸透していきます。
- しばらく抱きしめ合っていると、お互いの身体が会話を始めるようにひとつになれる感覚を味わえます。

「本当かよ」なんて思いながら、ワタシは藁をも掴む思いで、ボディトークを全身に塗りたくった。気づけば用法・用量なんて度外視で、1本丸々使い切ってしまっていた。

だって、今日を逃せばもうチャンスはやってこないかも知れない!

なお、その日のワタシの武器は、ボディトークだけではなかった。

アキラ好みの上下ピンクの可愛いベイビードール型の下着である。

戦地にでも向かう気分になったワタシは、鏡に映る自分に敬礼し、アキラの待つ寝室へと向かうのだった。

「おいで」

寝室のドアを開けると、アキラはそう言って、ワタシを出迎えた。

ワタシは、ハイジが藁のベッドに飛び込むかのごとくアキラの胸元へと飛び込んだ。

〝あぁ、この抱きしめられる感覚久しぶりだな〟

温かくて、心地よい。その感覚に涙が溢れそうになった。

抱き合ってカラダとカラダが密着するにつれ、アキラのカラダにも媚薬クリームがちゃんと付着していくことをワタシは確認した。

「リョウコ、今日ってなんか塗ってる？　めっちゃいい匂いすんねんけど」

「えーばれたー？（しめしめ）

新しいボディクリーム買ったの。気に入ってくれたなら良かった♡」

間違っても、「カラダの声が聞こえてくるほど感度が上がる媚薬入り」なんて言えるわけもなかった。

だって、関西育ちのアキラにそんなことを言ったら、「ほんまにカラダが喋り出したりしてー！　ってそんなわけないか」とツッコんでくるのが目に見えていたから。そんなことをされたらせっかくのムードも台無しである。

関西独特の悪ノリを無事に回避し、完全にスイッチの入ったワタシたちは唇を重ね、舌を絡ませ合った。そして、いよいよベイビードールの肩紐をズラし、アキラはワタシの乳首をじっくりと舐め回した。

ところで乳首の感度を他の女性と比べたことはないけれど友人の話では、乳首を責められただけでイケる女性がこの世には存在するらしい。

だけど、そんな女性が世の中に存在していることを抜きにしても、自分の乳首の感度を評価するのであれば、決して良いとは言えなかった。

もちろん気持ちが良くないわけではない。でもとてもじゃないけど乳首の刺激でイケる女性が味わっている快楽と自分が味わっている快楽は程遠いモノであることぐらいはワタシにも分かっていた。

いやそもそもだ。ワタシはセックスでイッたことがない。だから、「イク」という感覚すら実は正直分からない。

だから、乳首でイクことはもってのほか、イクことの感覚すら掴めないでいた。

でも今はそんなことは関係ない。

だって、アキラがワタシの乳首を一生懸命舐めてくれている。愛そうと頑張ってくれているのである。その光景がワタシには嬉しかった。

そんなワタシたちを異変が襲ったのはその直後のことだった。

《そうやって考え事ばかりしてたら気持ち良くなれるもんも気持ち良くなれないわよ!!

このお馬鹿さん》

寝室にはアキラとワタシしかいないはず。それなのにはっきりと叱りつけるような女性の声が聞こえたのだ！　最初は気のせいだと思った。

「ん？　リョウコ、急にどないしてん。オネエ口調で。お馬鹿さん？　誰に言うてんの？　いや、でもリョウコの声とは違うような……」

しかし、アキラの耳にもその声は届いていたようで、どうやら気のせいではないみたいだ。

「え？　なんか聞こえた？　ワタシには何にも」

とにかくセックスの続きをして欲しかったワタシはただの幻聴だと、誤魔化そうとした。

「そうやんな。オレたち以外、誰もいるわけないよな」

アキラは念のため部屋を見回してそう言った。

「そんなことよりアキラ。続き、続き」

角砂糖が何個も入ったような甘い声で、ワタシはアキラに再スタートの要求を申し出た。

「お、おう。そうやった」

アキラはそう言うと、今度はワタシのパンツを脱がし、じっくりとクンニをし始めた。念のためお伝えしておくが、もちろんワタシはクリトリスでもイッたことがない。

ちなみに女性向けアダルトグッズメーカーｉｒｏｈａが１２００名の女性を対象に「みんなのオーガズム事情」についてアンケートを実施した所、こんな調査結果が出るのだった。

「オーガズムに達したことがある」という女性は61・2％。

そのうち、クリトリスなど女性器の外側への刺激でイッたことのある女性が51・8％。

クリトリスと膣両方の刺激でイッたことのある女性が38・1％。

膣内への刺激でイッたことのある女性が10・1％。

つまりは10人中5人の割合でクリトリスの刺激だけでイケる女性が存在するということだ。……10人中5人。そうなると、もし仮にアキラの女性経験が5人しかいなかったとしてもだ。その中の2人か3人はクリトリスでイッたことのある計算となる。ワタシは一瞬、虚しい気持ちになった。過去にイッたことのある女性と比べられている気がして。

「こいつ、どんだけクンニしても、イカへんし、つまらん女や」

……なんだかアキラがそんなことを思いながら、クンニをしているような気持ちにすら襲われた。次なる異変が訪れたのは、そうやって自暴自棄に陥っている時のことだった。

『ほんま、どんだけクンニしても、イカへんし、つまらん女やな！
てか、そんなに考え事ばっかりしとったらそらワシの頑張りが台無しやで!!
ええ加減にせなあかんで君!!』

またアキラとは違う声が聞こえたのだ。ところが、さっきの女性の声とは打って変わり、お次は男性の声！
しかもどうやら、その声は、アキラとワタシ、両方に聞こえているようだった。
なぜなら、声がした途端、ワタシたちの目が合ったからだ！

『そんな言い方しなくても良いじゃないのよ!! そもそもその男が普段からワタシを安心させる努力が足りないことにも原因があるんだからね』
『そんなこと言うけど、そもそもその女とお前の対話がからっきしダメダメやから、ワシらの努力も全く報われへんのと違うんか!?
今日の営みかてコッチは一生懸命やっとんねん。それやのに全然受け取る姿勢ちゃうやん！ そんな女のカラダをベロベロ舐めとって何が楽しいねんアホンダラ』
『失礼な奴！ ワタシだって、困ってるのよ！ 自分のカラダなのに、全然分かろうとしない持ち主に！』

ドキッとした。会話がどんどん広がっていくことに。その会話の内容に。
「アキラからもっと安心感が欲しい」だなんて、

これって……これって……、

この女性の声、ワタシの本心じゃない！


《何を大袈裟にビックリしとんねん!!

お前のカラダの声であり本心やないか!?》

男性の声がワタシに畳み掛けた。そこでワタシはハッとするのだった。

どこからか聞こえてくる女性の声がワタシの本心を突いていると言うなら、どこからか聞こえてくる男性の声はアキラの本心を突いているのではないだろうかと。

そこで、ワタシはカマをかけた。

「ねえ、アキラ。ワタシのこと、〝イカへんし、つまらん女〟って思いながら、ずっとやってたの？」

「そんなことは……ないけどな……」

女の勘を舐めてもらっては困る。

図星だ。

でもこれでセックスレスになった理由がハッキリした。

ワタシのカラダの感度が悪いこと。

ワタシがイッたことがないこと。

そんなワタシとセックスをしても楽しくないとアキラは感じているのだ。

《まーた、そうやってウジウジ考えちゃうから上手くいかないのよ!! お馬鹿さん。せっかくこうやって話せる機会を持てたんだからもっとワタシの声を聴いて頂戴》

《そうやで、全く。ちょっとは自分のカラダの声聴いたりや。君がボディクリームの用法・用量を無視してくれたおかげで、ワシらは君らと話せるようになったんやから》

ドキッとして、裸のまま、お風呂場のゴミ箱を漁った。そして、ボディトークの箱に書かれた注意書きをチェックすると、衝撃の内容が書かれていた。

※身体の感度が過度に上がりすぎてしまうため、用法・用量は必ずお守りください。お守りいただけない場合、身体が勝手に話し始める場合がございます。その場合は、一切の責任を負いかねますので予めご了承ください。

「そんなの誰が信じるのよ！」

そう思った。しかし信じられない状況が実際、目の前で起こっている。最悪な気分で、寝室に戻ると、すっかりアキラのアキラは萎えていた。

「ちょっとシャワー浴びてくるわ。クリーム落としてくる」

そう言ってアキラはそそくさとお風呂場へと向かった。念願のセックスはどうやらお預けのようだ。もう、一体なんなんだこれは。カラダが急に喋り出すなんて、そりゃ萎えるに決まっている。

《ちょっとワタシのせいにしないでくれるかしら！　アンタがあんなにもセックスの

最中に、考え事ばっかりしてるから！　クンニをされてる時に統計調査の数値が頭に思い浮かぶ女なんて男は抱きたくなくなるの当然よ。

アキラのカラダはこう言ったわよね。

「今日の営みかてコッチは一生懸命やっとんねん。それやのに全然受け取る姿勢ちゃうやん！　そんな女のカラダをベロベロ舐めとって何が楽しいねんアホンダラ」ってね』

「う、うん……」

『悔しいけど、あれが男の本音よ。男は与えたい生き物だし、受け取って欲しい生き物なのよ。だからね、あなたみたいに受け取らない女と延々セックスする人生って男からしたら地獄なの。

まぁ言い方は悪いけどね。今のワタシたちは充電差し込みの接触が悪くてバッテリーが満タンにならない、壊れたスマホみたいなものよ。しかも満タンにならないだけじゃなくて電池の減りがめっちゃ早い不便なスマホ。

そんなスマホのようなあなたの充電を担当してるのよ。アキラさんは』

ワタシは充電しても充電してもなかなか充電が終わらないスマホ。しかも、使えばすぐにまた充電を欲するスマホ。

穴があったら入りたい。そう思った。

だって、そんなの相手が不憫過ぎる!!


『そうよ!! はっきり言って、あなたってめっちゃくちゃウザいの。今スマホの充電の仕組みに例えたけども人間のカラダにとってセックスって生命のエネルギーを充電する役割があるのよ。

セックスの感度が良い女は感情が満たされるのが早いし、長い時間良い状態でいられる。でもあなたみたいな充電の接触が悪い状態だとね。いくら男がセックスで満たそうとしても決して満たされることはないし、感情の消耗も激しいのよ。

だからバッテリーのランプを点滅させながら、

「セックスして!」「セックスして!」「セックスして!」

って充電の催促ばかりしちゃうの』

自分のカラダの声を聞いて、「もう機種変してください。カラダのアップルストアはどこですか!」状態だった。

『本当にその通り！　アキラさんの幸せを考えるなら、さっさと機種変したほうがいい。正直言うとね。だって、男のカラダってね、充電が満タンになった女から、今度は逆にエネルギーを貰って充電するというカラダの仕組みをしているから』

つまり、セックスをすることで、男女間ではエネルギーのギブアンドテイクが行われるようだ。だからこそ、どれだけエネルギーを注いでも満タンにならない女にいつまでも電気を流し続けるのって男にとっては、自殺行為。

『よく言った！　そう、自殺行為。それなのに貞操観念ガチガチの真面目な夫婦だと、お互いのエネルギーが枯れていっても頑なに他の異性とセックスしないことにこだわるの。

だけど人間もバッテリー不足になると、一応ワタシたちカラダは何かしらのカタチで危険信号を出すようにはしてるんだけどね。

「もう電池切れますよー」って』

「危険信号？」

『そう、場合によってはケガだったり、病気だったり、大事な人との突然の別れだったり。もしくは、意外な人との偶然の出会いだったり。

巷では不倫とか浮気とかは悪いこととされているけど、あれは、「充電がスッカラカンになって、鬱になるぐらいならルール破ってでも充電してください」っていうカラダからの信号をちゃんと受け取ってるのよね』

「こわ!」

『そう思うかもしれないけど、まぁある意味では賢いってこと。不倫ができる人って。

さてアキラさんはどうかしらね……。っていうかあなたはどうなのよ? もちろん充電の接触が悪いという問題もあるけど、それすらも修理してしまうぐらいセックスが上手い男も世の中には沢山いるのよ!? そういう男を探そうとは思わないの?』

修理ができる男。そんなの考えたことがなかった。そもそも、エネルギーの話だって、今聞いたばかりだし。もしそれが本当なら、気になることがひとつあった。

「ねえねえワタシのカラダさん。それなら、セックスが上手い男とすれば、イケないワタシでもイケるようになるってこと?」

『もちろんよ! 修理のプロみたいな男は存在する。その男の手によって生命エネルギーの充電システムが一気に回復するの。そうなれば逆にセックスした相手を満たすことができるぐらいにバージョンアップするのだって夢じゃないわ』

「え！　そうなりたい！」

気づいたら、そんな言葉が口から出ていた。

『うん、いいでしょう。教えてあげる。でもそれには条件があるわ』

「条件!?　条件って？」

『カラダの声をちゃんと聴くって約束することよ。それを約束するだけで引き寄せる男の質がグッと変わるわ。

セックスの上手い男はみんな自分のカラダとちゃんとコミュニケーションが取れている。だからその分充電の差し込み口が接触不良を起こしてる女を見分けるのが得意なの。

つまりは修理が大変過ぎる状態だとそもそもそういう男には選ばれないってこと』

「えー！　それって絶望的！　不倫とか浮気する選択すらも残されてないなんて。

でも……どっちにしてもワタシは、修理のために割り切って『セックスしてください』なんて思えるタイプでもないけどね。

だってセックスって好きな相手とするもんだし。もぉ……アナタと話したせいで余計にどうして良いか分かんなくなっちゃったじゃないの!!」

冷静になって、やはりアキラ以外とはする気になれないと思った。


《そう言うと思った。何年、あなたと付き合ってると思ってるのよ。

ならまずは自分ですることから始めなさい。そう、オナニー!

自分で自分の性欲を満たしていくこと。そうやって、自家発電することも大事よ。

あなた全然自分で自分のカラダに触れたりしないじゃない?

それもセックスレスが長引いてる原因のひとつなのよ》

「オナニー!? 絶対嫌!! 旦那がすぐそばに寝てるのにオナニーするなんてめちゃくちゃ惨め!」

《ワタシたちカラダからすると、触れることを『惨め』とか言われると惨めなんですけど……。大事な人に触れたいって思うのが人間の心理。それなのにあなたは今、触りたくない！ って言ってるのよ。それって、「大事にしません」って言ってるのと同じだから』

「痛いところを突きますね……」

『そもそもあなた、イケないことにコンプレックスがあるとか言ってる癖に全然自分で自分の気持ち良いところを研究しないじゃない！

イケる女性はカラダが喜ぶことをもっと素直にやるモノよ。

そういう女性はオナニーだって馬鹿にせずに、【自分を愛する行為】って解釈してちゃんと自分の気持ち良い所を探したり、自分を解放させる努力してるんだからね。

あなたは何でもかんでもアキラさんに任せ過ぎなのよ!!』

「またもや痛過ぎます。

でも……自分で性感帯の開発をするなんて、絶対に嫌！ そりゃカラダから性欲を感じることはある。でも性欲って満たされたらなんでも良いわけじゃない！

好きな人に満たして貰うから意味があるんじゃない。

自分でするなんて変態のすること！ ワタシはセックスが好きなわけじゃないの!!

好きな人とするセックスが好きなの!!」

見たくない現実を追い払うように、ワタシは叫んだ。

『自分の中で意味があるとかないとか、そういうのにこだわりたい気持ちは分かるんだけどさ。

お気づきの通り、アタシは、猛烈に欲求不満なのよ!! だからさ今夜ぐらいは自分でしましょうよ。あの媚薬入りのボディクリームのせいで今カラダがスッゴイことになってる。感度が爆上がりの状態!

ねぇー!! お願いよぉー。とりあえず乳首だけ軽く触ってみて。ホラホラ乳首だけ』

「ぎゃーうるさい!!! オナニーなんて、絶対にしません!! しないものはしないの!!! まともに話を聞いちゃったワタシがアホだったわ。ムラムラしてるのをなんとかしたいならシャワーでボディクリームを洗い流せば良いだけなんだから!!

もう!! ワタシも早くシャワー浴びに行こう」

『本当にあなたって頑固よね……。結局聞き入れる気がないわけね。せっかくこうやって奇跡的に話せる機会を持てたのに残念よ。

でも忘れないで。ワタシたちが伝える方法は、言葉だけじゃないってことを。

あなたが今言った、意味があるとかないとかを超えたところで本当に望んでることをワタシたちはあの手この手で伝えようといつも必死なの』

そう言い残しワタシのカラダは突然、沈黙の世界へと帰っていくのだった。

カラダにはワタシが頭で考えている意志とは全く別の意志があることはなんとなく分かっている。そうじゃなければ、ニキビなんてできるはずがないし、意志に反して肌がカサカサするわけがない。あれなんてまさにカラダからのメッセージだ。

でも、そんなカラダの声を馬鹿正直に聴いてしまったら、それはワタシの中の動物的な本能に従うってことになる。

それってもうワタシの思う〝ワタシ〟ではなくなるってこと。そんなのごめんだ。

だって、ワタシが望んでいるのは、ワタシの思う〝ワタシ〟をアキラに愛して貰うこと。


アキラがお風呂場から出たことを確認したワタシは、急いでシャワーを浴び媚薬入りのボディクリームを洗い流した。「今日もできなかった」という虚しさと一緒に。

結局、ワタシを蝕むセックスレス問題は振り出しに戻った。

カラダの声が聞こえるという奇妙な体験はきっと夢だ。そう思おうとした。

しかし、そんな奇妙な体験は、これから起こる壮絶な日々の始まりに過ぎなかった。

DAY 01

女が男の性欲を体験した末路

「あれ!?　あれ!?　オッパイがない！」

「あれ!?　あれ!?　チンチンがない！」


ワタシたち夫婦は、奇妙なことがあった次の日の朝、シンクロするかのように同じタイミングで目覚め、同じタイミングでカラダの異変に気がついた。

そして隣同士に寝ていたワタシたちは、お互いの姿を見て、絶叫した。


「えっ！　なんでワタシが目の前にいるの？」

「えっ！　なんでオレが目の前にいるねん！」

最初は、自分の分身が現れたのだと思ったし、多分、アキラもそう思っていたはず。しかし、自分の視線を股間のほうに下げた時、これは分身なのではないことが分かった。だって、ワタシのカラダに大きな突起物がついている！　しかも、下着の中にあるその突起物をよーく見ると見覚えのあるモノだった。

アキラのだ！

『おはようさん。リョウコちゃん、男のカラダはどないでっか？　まずは景気づけに朝勃ちしてる元気なチンコを握ってみなはれや』
「げっ!?　クリームはしっかり洗い流したはずなのに、またこの関西弁!!
……うわぁぁ。ってか本当に朝勃ちしてるし。か、硬い」

少しばかり、このやばい状況を忘れることができたのは、男性としてのその機能に感心したからだ。しかし、そんな気持ちをかき消したのは、ワタシの……いや、元々、ワタシだったカラダの声だ。

『で、アキラさんはどう？　まずはオッパイでも揉んでみたらどうかしら？　昨日あんまりゆっくり揉めなかったでしょ？』

「この状況でそんな気分になれるか‼　っていうかなんでまだお前ら喋れるねん！」

『あんなにもクリームを塗りたくるから。洗い流したって、染み込んだ分は、取り返せなかったってこと。

そんなことはさておき昨日ね。あなたたちが寝ている間に、ワタシたちカラダ同士で〝腹を割って〟話したのよ。カラダだけにね。

というわけで、ワタシのカラダには、アキラさんの心を。アキラさんのカラダには、リョウコさんのココロを入れさせてもらった』

『まぁせっかくワシらそれぞれがあの媚薬のおかげで君らの思考と対話できるようになったわけや。それならいっそのこと、お互いがお互いのカラダをよーーく知ってもろたほうがお互いを理解し合うのに早いんと違うかと思てな』

「はぁ⁉　なんでワタシたちの了解も得ずにあなたたちだけで勝手にそんなことを決

めるのよ!!」

「そや!!　いくらなんでも勝手過ぎるわ！　それにこれ、ちゃんと元に戻る方法あるんやろな!?」

ワタシたちはこのあり得ない状況に、我を忘れて、怒鳴り散らした。

《まぁまぁそんなに怒らんと。夫婦円満の秘訣は、お互いの理解を深めること》

《セックスレスになるってことはやっぱりその理解が欠けてしまってるのよね。それに元に戻るのは簡単よ》

《2人が最高のセックスをすることや!!　これでカラダは元通り！》

《つまりセックスをするだけじゃダメってことよ。ココロとカラダがひとつになって溶け合うような最高のセックスをすること！

タイムリミットはそうね……、90日間でどうかしら？》

《最高のセックスができるようになるということはやな！　自分のカラダの声も相手のカラダの声もちゃんと聴くチカラが身についたっちゅうことやからな。それをひとつの合格ラインにしよや》

『リョウコさん、アキラさんのカラダを使って、自分がして欲しかった熱いセックスをワタシにして頂戴。楽しみにしてるわよ。

これはワタシのお願いを無視してオナニーを全然してくれなかった罰よ。今度はちゃんと誠心誠意ワタシをイカせてね』

わけも分からず、放心状態に陥っていると、ワタシのカラダをしたアキラが、口を開いた。

「えぇーー!! ってことはオレはリョウコのカラダの中にいながら、自分の姿をしたリョウコに抱かれないといけないってこと？」

『まぁ、そうすればあなたもちょっとは女の気持ちが分かるはず』

『せやな、ワシのポテンシャルをフルで使いこなすようなセックスができとったとは御世辞にもよお言えへんかったしな』

「う、うるせーよ！」

元に戻る方法はとりあえず理解した。だけど、もうひとつ気になることがあった。

「あのー、カラダさん。っていうかワタシたちが、この90日でその最高のセックスっていうのができないままだったら、どうなるんですか？」

《そんなの当たり前。もし最高のセックスができなかったら、一生入れ替わったままよ》

「えぇーーーーー!! 冗談じゃない!! 早く元に戻しなさいよ!!」

《嫌よ。あなたのカラダのまま枯れ果てて死んでいくなんて願い下げよ。全部、あなたのせいなんだから》

どうやらワタシはワタシのカラダに本気で嫌われてしまったようだ。そしてそのせいでこんな最悪の状況を引き起こしてしまったのだった。

ワタシが今までカラダからの要求を頑固に拒んできたせいでアキラまで巻き込んでしまったことにワタシは罪悪感を感じていた。

もうこの状況でワタシがどうのこうのゴネたとて、ワタシのカラダはワタシを受け入れてはくれないだろう。もう断念するしかなかった。

「分かったわよ。やるしかないのね」

《あら、やっとこの事態を理解できたようね》
《リョウコちゃん、偉い!! これから一緒に頑張ろな!! アキラはどうや?》
「ああ、最悪や! でも、もうカラダが入れ替わってるのは事実やし……やるしかないよな」
《よっしゃ! ほんなら、これでいよいよ恥部替物語のスタートや!》
《何そのダサい名前》
《うるさい! せっかく盛り上がってんのに、盛り下げるなや!》
ぐちぐちうるさいカラダの声をよそに、ワタシたち夫婦は、明日からの毎日を支障なく過ごすための話し合いをすることにした。

「リョウコ、明日からオレの代わりに会社行けるか?」
「うん、大丈夫、仕事は支障なくこなせる自信あるから。その代わりあなたは未来や天心のことをお願いね」

ワタシたちは、ホームページやLP(ランディングページ)や名刺、商業用の販促物をデザインする会社で出会い、恋に落ちた。そのため、結婚して子供が生まれてからも、家で夫が受注してきた仕事の制作をちょくちょく手伝っていた。だから、仕事に関しては、日々の延長線上にあったのだ。

そして、夫のアキラも元々家事や育児に関しては積極的に手伝ってくれるタイプ。不幸中の幸いというところだろうか。ワタシたち夫婦はカラダが入れ替わった所で、生活においては、物理的に困ることはなかった。

それでもこのおかしな状況が周囲にバレるわけにはいくまいと、1日かけて入念にお互いの現在の人間関係をチェックし合った。

すっかり、日は暮れていた。

アキラはワタシのふりを。ワタシはアキラのふりを。

こうしてあっという間に恥部替物語の1日目が、終わりを告げようとしていた。

しかし、その夜のことだった。ワタシはとんでもない光景を目にすることになるのだった。

トイレに行こうとお風呂場の前を通り過ぎると、ワタシの姿をしたアキラが脱衣所の鏡の前に立ってボーっとしてる。

ワタシのカラダが身につけていたのは、アキラが昔クリスマスプレゼントにくれたピンクの花柄のサルートのガーターTバックとブラだった。

下着姿で何をしているんだろう？　そう思って、様子を窺っていると、アキラはおもむろに、下着の上からワタシの胸をまさぐり始めた。

そう、ワタシがあんなにも拒否していた、自慰行為を始めたのだ！

「ワタシのカラダに何やってんのよ‼」

口の先までその言葉が出かかった。だけどワタシはグッと堪えた。

なぜならその姿に、不覚にもワタシは見惚れてしまったからだ。

すると、どこからともなく、カラダの声が。

《どうやリョウコちゃん。自分のことを外側から女として見る気分は？

ものゴッツ綺麗やろ？　あの様子やと向こうチームは上手いことやってるんと違う

か？　ほれ、表情見てみ』
　確かに、高まる気持ちに陶酔するその表情は、ワタシの引き出しにはないものだった。きっとアキラもワタシのカラダと何かしらの対話をしているのだろう。ワタシの姿をしたアキラは、小さな声でぶつぶつと何かを呟きながら、行為に没頭している様子だった。
　ワタシに覗かれているとも知らずに。

　ところで、今まで周りからどんなに、

「綺麗だね」

「可愛いね」

なんて言われても素直に受け取れなかったワタシ。それなのに、そんなワタシが今、初めて鏡の中にいるワタシのことを綺麗だと感じた。

　少し垂れ下がった胸も、お腹も、二の腕も、作り笑いをし過ぎたせいで深くなったほうれい線も、そのままなはずなのに、ワタシの姿をしたアキラはとても綺麗だった。

　ワタシは今までの人生で自分の裸を見て、興奮したことなんてなかった。でも目の前にいるとても妖艶な表情をしているワタシにワタシは興奮していた。

それを証拠に、アキラのアキラがしっかり反応していた。

『リョウコちゃん、どや。男の性欲ちゅうもんは？　女が感じてるそれとは全然違うやろ？』

確かに、沸騰するような性欲がカラダ中を支配した。でもその性欲をなんとかワタシは抑えようとした。なぜなら、性欲剥き出しの自分の姿を見て興奮しているだなんて！　そんな現実、受け入れたくなかったからだ。

『リョウコちゃん、まだそんなことを言うとるんかいな⁉　違うで。性欲剥き出しのあの状態のリョウコちゃんこそ、アキラがずっと抱きたかった理想のリョウコちゃん像なんや。

ワシが言うんやから、間違いない』

「あれが理想のワタシ⁉　あんなのはワタシじゃない‼」

ワタシの思う〝ワタシ〟が、アキラの手によって壊されていく。そんなことに酷い抵抗感を感じた。

アキラの手はワタシの抵抗する気持ちとは裏腹に、ますます事を前に進めようとした。いよいよ、ブラの上から弄っていたいやらしい手はブラをズラし乳首をあらわにさせたのだ。しかも、「エッチな乳首やな、リョウコ」とワタシのカラダにまるで言葉責めをするように話し始めたのだ！

《うん、今までして貰えなかったからこんなに乳首がパンパンなの。気持ち良い。嬉しい》

ワタシのカラダがそう答えた気がした。

触れるか触れないかのソフトタッチでワタシの乳首を撫で回すアキラ。

そして、カラダに向かってこう言ったのである。

「今までいっぱい我慢させせちゃったもんな。今日はいっぱいしてあげるからな」

ショックだった。

なぜなら、その言葉は、ワタシが何よりもアキラにかけて欲しかった言葉だから。

『自分がおらんなった途端にあんなにもラブラブな所見せつけられたら、そりゃショックやわな。でもあれが現実や!! 見てみぃ。リョウコちゃんのカラダも今までとは全然違う感じ方しとるで』

アキラのカラダが言う通り、アキラに撫で回されたワタシの乳首は興奮してパンパンに勃っていた。あまりの隆起具合にワタシの乳首ってあんなにパンパンに膨らむんだと驚いてしまった。

『あんなにパンパンのリョウコちゃんの乳首、ワシも見たことないで。アレはもう完全にリョウコちゃんのカラダの意志に全部を委ね始めとる証拠やがな』

すると、さらなるショッキングな声が、お風呂場から漏れ聞こえてきた。

「あぁぁぁぁ、乳首だけでイキそう。こんなにやらしく触れるの初めて。気持ちいぃぃぃ」

ああ、最悪だ。なんてはしたない！　自分のカラダを自分で触るどころか、アキラめ、喘ぎ声まで出し始めたのだ。

「気持ち良すぎてもう我慢できないの。お願い今度はアソコも気持ち良くして」

カラダの声をそんなふうに代弁しながらアキラの手はとうとう、ワタシのカラダの下半身を弄った。下着の上からでも分かるぐらいワタシのアソコはグチョグチョに濡れていた。

一切の恥じらいもなくカラダが要求するがままにカラダを動かしていくアキラ。

左の手では乳首をいやらしく愛撫しながら、右の手では下着の上からクリトリスを愛撫していた。

「本当にスケベなカラダやな。こんなにスケベなカラダやのに今までいっぱい理性で抑えてきたんやな。可哀想に。

これからは毎日こうやって気持ち良いことしてあげるからな」

そう言いながらアキラはＴバックを少しズラし、膣の中に指を挿入し始めた。

「あっダメ、そこヤバい。

ダメ。あぁぉぁ、ぁぁぁぁ」

1人2役をこなすアキラの喘ぎ声はドンドンと激しくなっていく。

『おお、あの分やとあいつ、自分のカラダがリョウコちゃんになったことをいいことに、リョウコちゃんの性感帯をすぐに見つけだしたようやな。皮肉なもんやで』

本当にその通りだ。ワタシが、35年間かけてもよく分からなかった性感帯を、いとも簡単に探り当てたのだから。

この時、とても不思議な気持ちに襲われた。だって、アキラが入ったカラダは、ワタシがいた頃と変わっていないはず。つまり、性感帯が変わったわけではないのだ。

それなのに、それを感じる人が変わるだけで、こんなにも変化が起こったのだから！

それにしても、ワタシの声は前からあんなにも色っぽい声だっただろうか？

『リョウコちゃん、喘ぎ声もな、ホンマに自分のことを解放してなかったらあんな声は出ぇへんねんで。せやし、あの喘ぎ声はリョウコちゃんが今までセックスの時に出しとった喘ぎ声とは全然別もんなんよ』
「どう違うって言うのよ」
『あれは喉からではなく、肚（はら）から出とる。あんな声で鳴かれたら、ワシら男のカラダはひとたまりもないで』

「あぁぁぁぁぁぁぁぁ」

ますます大きく、妖艶になった喘ぎ声が向こう側から響き渡る。

そしてアキラのカラダが言うように、その声のエネルギーがドンドンとワタシのカラダに響き渡るのを感じた。それはまるで燃え盛る炎！　ドクドクと煮えたぎる性欲を感じたその瞬間、カラダに異変が起き始めた。

『ホラ!! 言うてる間にコッチの興奮のボルテージも上がってきたで!!

これはくるで、くるでリョウコちゃん!!』

なんだか下半身が熱い!!

……ワタシは夫のカラダの中に入ってから初めて性的興奮による勃起をする経験をしたのだった。

朝一番で体験した朝勃ちとは全く違う感覚がした。そして勃起するだけではなく、心拍数が上がり、心臓の鼓動も大きくなっていることに気がついた。

これが男の言う、「欲情」のことなのだろうか? あまりの激しいムラつきにワタシは困惑した。

「いつも男はこんな激しい感覚を理性で抑えつけてるの!? 信じられない」

正直、尊敬に値するとすら思った。

それは言うなれば、噴火せんとする火山のマグマを素手でなんとか抑えようとするようなものである。

『リョウコちゃん、理性で止めんかてええんや。この強い衝動にそのまま従ったらええんやから。何も恥ずかしいことと違うで。

ほんで、この流れでセックスしたらええ。そしたら、君ら、1日にして元通りや！』

確かにこの勢いのまま自分を自分で押し倒してしまえば、元に戻れる！

でも、それだけはできなかった。だって、覗いていたなんてことがバレたら、ワタシが変態みたいじゃないか。しかも、オナニーをした自分を受け入れることになる。ダメダメ。絶対にダメ。そんなことできるわけがなかった。


『リョウコちゃん、君って奴は。ホンマに頑固やな。

夫婦なんやから相手にどう思われるかばっかり気にしてたら損やで。

それにどうすんねんな？　もうワシらのアソコもパンパンやで!!』

アキラのカラダが言うようにすでにカラダの中のマグマは噴火寸前だった。どうしようもなくなったワタシは自分の右手でアソコを握り、硬くなったそれを愛撫し始めたのだった。

『おぉぉぉ、なんちゅう意外な展開！　自分でするんかいな‼

でもここで我慢されるより100倍マシやわ。

ええ感じやで。リョウコちゃん』

もちろんアキラのカラダとはいえ、オナニーをすることには抵抗があった。でも、自分の元々の姿を押し倒すよりも、覗き魔になるよりも、そうすることが目の前に存在する選択肢の中で最も納得のいく落としどころだったのである。

「これはあくまでも、ワタシが、アキラのアソコを触ってあげているのだ」

そう、何度も言い聞かせながら、ワタシは、アキラのアキラを、右手でグリグリとまさぐった。

しばらく触ってみて、興味深いことが分かった。

アソコの先や根元によって、気持ち良さの感度が違うのである。

例えば、根元を右手で上下に動かしてみたけれど、いまいち快楽を感じなかった。その一方、きのこで言うヒダの部分、つまり亀頭の付け根を触ってみると、全身にビリっと小さな稲妻が走るような快楽を得ることができたのだ。

『そうや!! そこや!! まさにそこが正解のポイントやぁ!!
リョウコちゃん、ええ調子や。ええ調子やでぇー』

アキラも酷い! こんなにも場所によって、気持ち良さが変わるなら教えてくれたらいいのに!

「アキラの気持ち良いポイント」を知ることができる喜びのまま、ワタシはアキラのアソコのあらゆるところに指を伸ばした。すると、自分のカラダは男性になったけれど、女性だった頃と同じ感覚を味わう瞬間もあった。

それは、ヒダの部分を強く握るのではなく、人差し指と親指でかすめるように触った時のことである。まるで、クリトリスを愛撫されたかのような感覚を味わった。

『最高やリョウコちゃん。ものゴッツ気持ちええわ。
さすが女の子やな、触り方が繊細でもの凄いええわ』

女性は男性が気持ち良くなっているかどうかを判別する時、ペニスが硬くなっているかどうかだけが頼りである。だから触っても触っても硬くならない時はどうしてもペニスを強く握ったり、擦る速度を上げる方向に頑張ってしまう。

でも今こうやって実際にアキラのカラダと対話をしながらペニスに触れてみて分かったことは、ペニスは想像以上に繊細で敏感だということだ。

それからもワタシは、「これはアキラを気持ち良くしてあげる行為なんだ！」と、自分に言い聞かせながら、アキラのアソコを触り続けた。

カラダで感じていることに集中しながら、亀頭の根元をかすめる快楽を重ねていくと次第にカラダ全身にさらに熱いものが込み上げてきた。


「ヤバい！　出る！」

尿意とはまた違う、味わったことのない激しい快楽。そんなカラダの感覚を我慢する術を知らないワタシは、そのまま絶頂を迎えたのだった。

ドクドクと白いマグマが噴火した。そのマグマが飛び出る瞬間は自分の意識さえもカラダの外に引っ張り出されるようだった。

『リョウコちゃん、今日のオナニー最高やったで。よく集中して頑張ったな。リョウコちゃんにとっては大きい進歩やでホンマ』

ワタシは人生で初めてイク体験、オーガズムを感じる体験をした。

まさか、それが男のカラダで……だなんて、誰が予測できただろうか。

ちょうど同じタイミングで目の前で行われていたアキラの壮絶なオナニーも終わりを迎えようとしていた。

「あぁぁぁ、ダメ！　イッちゃう！」

なんということだろう。ワタシのカラダにとって初めてのオーガズムをワタシではなく別の人間が体験することになるだなんて。

この未来もまた、誰が予測できただろうか。

つまり、ワタシはこの夜、２つの初体験を迎えることになったのだった。

ところで、アキラも女性のカラダで体験する初めてのオーガズムに震えが止まらない様子だった。きっと今までに男性のカラダで感じていた感覚の何倍も強い感覚を味わっているのだろう。

残念ながら、ワタシはまだその感覚を知らないけれど。

しかしワタシはワタシでアキラのカラダで体験した射精の快楽の余韻に酔いしれていた。


〝射精ってこんなに気持ち良いんだ〟

素直にそう感じたワタシは大量の精子を撒き散らしていることに気づきながらも射精後に襲ってくる強烈なダルさのせいでその場を動けずにいた。

頭がボーっとする。無になるのが苦手なワタシでさえもしばらくの間、考え事ができなかった。おおよそ3分くらいだろうか。ワタシの思考は完全に停止していた。

そしてこの思考が停止している間の3分間、とても幸せな脱力感を味わうことができた。

今なら、理解できる。セックスの後のアキラの少し冷たい態度に。

だって、この状態で女性が喜ぶような触れ合いをしたり、思いやりのある愛の言葉を囁いたりするのは不可能だ。

完全にカラダから魂が抜けたような感覚があった。

まるでカラダの中が空っぽになったような感覚。命の源である数億匹もの精子が、今一気にカラダの外側に出ていったのだから、無理もないのかも知れない。

「賢者タイム」と呼ばれるこの脱力感は男性特有の感覚であることを身をもって体感するのだった。


時間が経ち、再び思考がまわり始めたワタシは、ワタシの姿をしたアキラのイッた顔を見て驚いた。

何とも言えない幸せで穏やかな表情をしているのだ。そんな表情は、やはりこれまでのワタシの人生のどの引き出しにも入っていない。ふとワタシは今までどんな表情で、アキラとのセックスを終えていたのだろうと疑問に思った。

愛情を疑う不安な表情。

セックスを求められたということに満足している表情。

射精をさせてやったという少しおごりを感じさせる表情。

どんな表情をしていたかは分からないけれど、それはアキラが今しているあの晴れやかに解放された表情でないことは明らかだった。

ワタシにもあんな表情ができるんだ。

その表情を見てワタシは改めてイケないのはカラダの問題ではなく、ココロの問題なんだということに気づかされた。

ワタシはイケないカラダの女だったのではなくて、イケないココロの女だった。

そのことを今日、目の前でアキラによって証明されてしまったのだ。

『リョウコちゃん、自分がオナニーで感じまくってる姿を見ながら射精する気分はどないや？　途中めちゃくちゃ興奮しとったみたいやけど』

「なんか凄い複雑。

最初は解放された自分の姿を見て感動したし、興奮したんだけど……。

アキラがワタシのカラダと仲良くしてることにモヤモヤしちゃって……。

だって、結局ワタシがワタシのカラダの中にいないほうが上手くいってると思うと、〝ワタシ〟って一体なんなの？　ってなっちゃう。

そう考えると悲しくなっちゃって」

《相変わらずリョウコちゃんは好きやな。「ワタシってなんなの？」を考えるのが。

でもな、リョウコちゃんが考え事してる間、オナニーしたり、セックスしたりする時のワシらの気持ち良さは半減するんやで。

リョウコちゃんが「ワタシってなんなの？」を考えてる時、ワシらだって「ワシらってなんなの？」って感じてまうからや。

性愛の気持ち良さ言うんはな、自分1人でする時も男女が2人でする時も、そんな「ワタシってなんなの？」を考えるのを止めた時にこそやってくる》

「確かに、アキラのカラダでイク瞬間、ワタシが誰とか、何者とか、どうでも良かった」

《せやろ。君ら人間は、すぐに思考にとらわれ過ぎてしまう。そして、それが原因で上手く性行為ができてないことがほとんどや。

アキラが、リョウコちゃんのカラダでいきなりイケたのも、テクニックがあったからやない。昨日まで男やった「自分（ワタシ）」にとらわれてなかったからや。だから上手くいったんやで。

オナニーもセックスも、我を忘れることが本質であり、それがカラダとココロがひとつになる瞬間なんや』

「そんなのワタシが一番苦手なことじゃない！

ワタシはワタシの思う〝ワタシ〟でいなきゃって思いが人一倍強いし。できたらその〝ワタシ〟を愛して欲しいなって思ってる。なんか色んなことに葛藤したり、悩んだりしてるありのままのワタシを全部受け入れて欲しいなって思うの。

だって本能的でエロい女が好きって言うのは分かるけど、それって男の人にとってただただ都合の良い女になるみたいで凄い嫌なのよ」

畳み掛けるようにワタシのココロの痛いところを突いてくるアキラのカラダに、もはや半泣き状態だった。

『それは大きな勘違いやでリョウコちゃん。もちろん葛藤したり、悩んだりしてる自分も受け入れて欲しいって気持ちは分かる。やけど葛藤したり、悩んだりしてるネガティブな自分こそがありのままの自分っていうのは大きな勘違いやで』

「なんで？　みんなも、一番弱い自分やダメな自分が素の自分でその自分を隠して強がって生きてるんじゃないの？

だから大好きな人には一番弱い自分やダメな自分を愛して欲しい、受け入れて欲しい、そう思うのが女性の心理じゃないの？」

『確かにそういう勘違いをしてる女が少なくないのは事実や!!

でもな、リョウコちゃんがそう思うんは、

「女性は弱い生き物」

「女性は弱い自分を受け入れて貰うことが幸せ」

ってことを色んな方法で刷り込みされてるからやねん。

でもホンマはリョウコちゃんら女性はワシら男よりも強くて賢い生き物なんやで。

そしてこれだけは覚えときリョウコちゃん。

悩んでる自分も、
葛藤してる自分も、

弱い自分も、
明るい自分も、
強い自分も、
ありのままの自分とちごて、部分的な自分に過ぎひんのや』
「え？　じゃあ一体、ありのままの自分はどこにいるのよ！」
『うん、ありのままの自分っていうんは、そういう「部分的な自分」が自分の一側面にしか過ぎひんって知ってる、ちょっと賢い自分のことやねん。
その賢い自分っていうんは、弱い自分も、強い自分も、ちゃんと自分の中におるってことを知ってる自分ってことやな。
やからこそ、賢い自分はそんな弱いとか強いとか、明るいとか暗いとか、あらゆる側面を超えて、我を忘れた自分が大好きなんや。その時が一番、ありのままの自分らしくいられる瞬間やからな』
「だから、セックスをすると？」
『そう！　まさにや！
でも、我を忘れるためにセックスしたはずやのにアホな自分が強く出てる人らは、

「ワタシは必要とされている人間」ってことを確認するためにセックスしようとする。そんなセックスでは、当たり前やけどワシらカラダは全然気持ち良くならん。そんなセックスで気持ち良いのは君らの思考だけや』
アキラのカラダが言うことは、1ミリたりともワタシのココロを説明するのにズレていなかった。

「ワタシって典型的なアホの部類じゃん」

『せやから、自分のカラダから追い出されたんやわな。君ら思考の部分よりもワシらカラダのほうがちぃーとだけ賢いねんで。

だからリョウコちゃん、もうちょっとだけワシらのことを信じてくれなアカンで。リョウコちゃんのカラダかて、ただただ意地悪したくてリョウコちゃんを追い出したわけやないし』

「カラダを信じるかあ。そしたら、セックスレスの日々からも解放されるのかな」

『当たり前や！　何にせよ夫婦のセックスは思い込みを強くするためのセックスになってしまいがちやからな。自分もそうやろ。「良い夫婦であること」を確認し合うのがセックスの目的になってしまってる。

でもそんな的外れな目的をゴールにしてもうたら、そこで夫婦のセックスは終わりっちゅうこっちゃ』

まさにその理由で、ご多分に漏れず、我々夫婦もセックスレスになった。

『だいたい思い込みがキツイほうが拒否される側になる。ちょっと賢いほうが相手に違和感を感じて拒否する側になるっちゅうのが一般的や。

でもなアホなほうも決して落ち込まんでええねん』

「え？　なんで？」

『逆に言うたら自分より賢い相手を選んでパートナーにできてるって意味では賢いんやから。でもちゃんと身体感覚を磨いて格差を埋めるって目的に気づかへん場合は賢いほうもどっかでは見切りをつけんと仕方なくなってくるんやけどな。

ワシも昔からずっとリョウコちゃんが気づいてくれるって信じて関わってきた。

あれやこれやワシからもメッセージ出しまくっとったんやでな。

ちなみにセックスを拒んだんもワシの判断や』

セックスレスの真犯人を見つけ、一気に怒りのボルテージが上がった。

「あんたのせいなのね!! もっとマシな気づかせ方はなかったわけ？ そんなの普通気づけるわけないじゃん！」

『せやから、こうやってカラダを交換した。強制的に自分とパートナーのカラダと向き合ってもらおうと思ってな』

「だから、やり方が極端なんだってば！」

『この90日はワシにとっても最後のチャレンジや』

「最後のチャレンジ!? じゃあ90日でワタシが成長しなかったらどうなっちゃうの？ 自分のカラダにも嫌われて、アキラのカラダにも見捨てられたら、どこにも居場所がなくなっちゃうじゃん」

『そうなったら、ワシらもどうなるかは知らん。知らんけど、良い結末が待ってないことだけはなんとなく想像できるわ。せやから、なんとかワシらの最後の期待に応えてくれ！ リョウコちゃん、頼むで、ほんま！』

ワタシたちがセックスレスになった原因だけではなく、ワタシたちのカラダが入れ替わった原因さえもワタシにあったことを知った。ワタシはアキラを巻き込んでしまったことにさらに大きな責任と罪悪感を感じていた。

それでもカラダにあそこまで言われたら、やるしかない。それにこれ以上、自分のカラダでアキラにオナニーをさせるわけにはいかない。

ワタシは、またもや噴き出しそうな弱い自分をなんとか堪え、決意を固めた。

でもそんな前向きな気持ちを一瞬で打ち砕く衝撃的な事件が起きたのは、それからたった10日後のことだった。

DAY 11

イキまくれる女とのセックス

「さぁ、朝ご飯できたわよ。子供たち、さっさと済ませちゃって！」

リビングのほうから漂ってきたのは、お味噌汁の匂い。
カラダが入れ替わってから11日が経った我々夫婦。
子供たちになんとかバレないようにと、相手のこれまでの役割をこなすワタシたち。
そのためワタシの最近は、ベッドで「朝食の号令」を聞くことから始まる。
テーブルにつくと、お味噌汁に目玉焼き、納豆に炊きたてのご飯。
シンプルだけどアキラが作ったにしては充分豪勢な朝食が目の前に並ぶ。

アキラは自慰行為だけに止まらず、役割という意味でもすっかりワタシになりきっているようだったし、どこか楽しんでいるようにすら見えた。

ただ、逆の役割を楽しんでいるのはアキラだけではなかった。

ワタシも特殊なカタチではあるが、10年ぶりに職場復帰をしたことにとてもワクワクしていたのだ。

だって、結婚するまでは会社の上司に、多くのクライアントさんにと、ワタシを評価してくれる相手がたくさんいたのに……。

それが結婚して専業主婦になった途端、ワタシを評価してくれる相手は夫のアキラだけになっていたから。

そのせいだ。そのせいでワタシはおかしくなった。

妻として認められている。

パートナーとして認められている。

そんな実感が欲しくてセックスを求めるようになった。

アキラのカラダに言われた、まさに的外れな目的のセックス。

その鬱憤を晴らすように、ワタシはこの10日間あまりを必死で働いた。

そのおかげもあって、ワタシの感情は明らかに安定していたのである。

ただその反面、どうしてもたまに大きな不安と苛立ちが襲ってくる。


それはアキラの浮気を疑っていたからだ。


「もしワタシがアキラだったら」どころの騒ぎじゃない。

ワタシは今、アキラになった。だからこそ、カラダの声が聞こえてしまうのである。

例えば、通勤途中に少し綺麗な女性とすれ違うだけで……、

『リョウコちゃん見てやあの子!!　ものゴッツ可愛いやん!!　連絡先聞いたほうがええんとちゃうか!?』とあの下世話な関西弁が聴こえてくるのだ。

そんな声は、一度きりじゃない。

社内で若い事務員さんに親しげに挨拶されただけで、

『リョウコちゃん、あの子ちょっとワシらに気があるんと違うか?

あの親しげな態度はただの社交辞令を超えとるで。

間違いない。あれはワシらをセックスの対象としてる女の目やでぇ。

これは今度2人きりで飲みに行かなアカンのとちゃうかぁ』とまた下世話な関西弁。

そのたびにワタシの中のアキラに対する不信感は強くなっていく。

というか、「男（アキラ）って、そんなにいやらしいことしか考えてないのか！」と思うくらい、世間を「セックスメガネ」で見ている節があるのだ。

アキラの性欲はワタシが想像していたより数十倍、いや数百倍激しいものだった。

そうなると、これまでの結婚生活で何もないほうがおかしいと考えるのが普通ではないだろうか。そこでワタシはアキラのスマホを開き、ＬＩＮＥの履歴から不倫相手らしき女性をシャーロックホームズのように探しまくった。

ついに不倫相手らしき怪しい人物を発見してしまった。

不倫の容疑を向けた相手の名前は「あずさ」。

朝日が後光のように差す場所で撮影されたＬＩＮＥのプロフィール写真からは神秘的な雰囲気が漂っていた。

彼女の仕事はヨガスクールの講師で、アキラとはデザイナーとクライアントという関係。

2人のLINEは、会う約束を取り付けるための最小限のやり取りだけ。2人がどんな関係性なのかまではLINEから読み取ることはできなかった。

しかし女の勘を舐めてもらっては困る(今は男だけど)。

・2人が打ち合わせで会っているのは月に2回
・あずさと会う日は、アキラがワタシに「名古屋の長い付き合いのクライアントさんと打ち合わせを兼ねて会食の予定がある」と言って出張に出かけた日にちと重なっている

この2点を鑑み、ワタシはこれは間違いないと、睨んだのだ。

「長い付き合い」なのは、名古屋のクライアントではなく、不倫相手の女だったのかもしれない。そんなことを想像するとハラワタが煮えくりかえりそうだった。

でもまだ完璧な証拠を掴んだわけではない。そこでワタシは、真相を確かめるべくアキラとして彼女と会う約束をすることにしたのだ。

もちろん、「もしクロだったらどうしよう。ワタシは実際どんな気持ちになるんだろう？

それを知ってアキラとどう向き合っていけば良いんだろう？」と不安に思わなかったわけではない。しかしだからと言って、これ以上事の真相が分からないままにすることも耐えられなかった。

ワタシは怪しまれないように2人がいつも会っていた偶数週の水曜日の夜7時にいつもの待ち合わせ場所である新宿駅東口にて約束を取り付けた。

もちろんアキラには「クライアントと会食をするから帰るのは遅くなる」と嘘をついて。

ＬＩＮＥのプロフィールの写真に写っていたアジアンビューティーな雰囲気の女性が信号の向こうからワタシに手を振っている。

身長152㎝と背の低いワタシとは違い、スラっと身長は高く、ボディラインが強調されるロングワンピースを綺麗に着こなしている。大きくスリットの入ったそのワンピースから覗かせる綺麗な足にワタシは思わず見惚れてしまった。

彼女がワタシの所に到着するよりも前に、「やっぱりこれは限りなくクロに近いグレーだ」と思った。

なぜなら、いつもなら

『どうやリョウコちゃん!?　やっぱりあずさちゃんは最高やろ!?』と話しかけて来てもおかしくないタイミングなのに、今日はカラダが沈黙を続けているから。

「アキラ君お待たせ、今日はどこでご飯する?」

「今日はすぐそこのLIMEって水槽のある雰囲気の良いお店を予約しておいた。行こか」

自然な会話を装い、彼女を用意しておいたお店にリードする。

この最初のやり取りでワタシの中で数パーセント残されていた〃それでも潔白かも知れない〃という淡い期待は粉々に打ち砕かれた。

だって、もしも2人の関係が潔白で、仕事の関係だけだったなら、この恋人同士が行くようなお店選びに彼女は違和感を示したはずだから。

しかし彼女はすんなり受け入れた。クロだ。

「もしもクロだったら、全力で2人の関係を終わらすプランを決行しよう」

ワタシはそう決めていた。そう、2人の関係が二度と修復できないようにズタズタにあずさの気持ちを踏み躙って帰ってやるつもりだったのだ。

そんなワタシの気持ちをさらに逆撫でしたのは彼女からのこんな言葉だった。

「珍しいねアキラ君がそんなお洒落な雰囲気のお店選ぶなんて。いつも煙まみれの大衆的な焼肉屋とか焼き鳥屋とかが多いのに」

なにがむかつくって、気取ったお店でデートをしているうちは男がまだ相手に背伸びをしている証拠。それなのに、この2人と来たら、普段は、大衆的なお店でデートしているだって？
そう思うとワタシの怒りの炎は、カルビをあっという間に焦がしてしまうほどの強さでメラメラと燃え上がったのだった。

絶対に、この女を叩きのめしてやる。

「わぁ、素敵なお店」
ライトアップされた水槽に、今から復讐されるとは知らないあずさの笑顔が映し出される。別れ話をするのにお洒落なお店を選んだのはワタシの復讐計画の大事な要素だった。

ステップ1　お店の雰囲気で感情を高める
ステップ2　突然の別れ話をした後、LINEをブロックし、その場を立ち去る。そうすることで、高まった心を崖から突き落とす

その2ステップでワタシの気持ちは幾分、晴れる。そんな気がしていたのだ。
人の夫を長い間、自分のものかのように扱ってきた報いを受けるといい！

……そんな気持ちをなんとか心の奥にしまい込み、会話を続けた。

「アキラ君、出会ってから最初にワタシと喧嘩した時のこと覚えてる？　その時もこんなお洒落な雰囲気のお店の個室の席で食事していたの」

「えっ⁉　覚えてへんなぁ。喧嘩なんてしたっけ？」

過去のことを聞かれたワタシは、適当にシラをきるしかなかった。

「最初はワタシの前で良いカッコウしようとして背伸びしたお店ばっかり予約しててさ。なんか無理してるなぁって感じが全開だったから、ワタシは、〝こんな高そうなお店、無理しなくても大丈夫だよ、アキラ君が居心地の良いお店で良いんだよ〟って言ったの。

そしたらアキラ君、〝オレは無理なんてしてない‼〟って急に怒りだしちゃって」

「え？　そうやっけ？　（こいつら、やっぱりクロだ）」

「懐かしいよね。あの頃のアキラ君って女の前でカッコつけまくってた。っていうか結婚自体カッコつけてしちゃったみたいなこと言ってたもんね。

その本音をワタシに言ってくれるようになるまでは正直、アキラ君のこと、そんなに好きじゃなかったんだよね。

この人しょうもないなぁーって思ってたし」

「そうやっけ!? 覚えてへんなあ」

もうこう言うのが精一杯だった。

ワタシの心の声はこうだ。

(はあ? 結婚自体カッコつけてしちゃった!? だと?)

(つーか、あの頃は好きじゃなかった!? ってことは今は好きってことじゃないか!)

浮気をされていたショックに重ねて、結婚生活まで否定される始末に、ワタシは傷口に塩と胡椒を同時にすり込まれる気持ちになった。

でもここで逃げたらダメだ。目の前でこの女を叩きのめすまでは、正気を保たなくては。

そう自分に必死に言い聞かせた。そして、アキラとして自然に会話を続けることに努めたのだった。

「そうよ。カッコつけてたわよ。そして離婚したばっかりのシングルマザーのワタシのことを可哀想な女だって内心見下してたわよ。

でもあの日喧嘩したおかげで本音が話せる関係になれた。

そこからはお互いに等身大でいられる関係になったんだよね。

今日こんな背伸びした雰囲気のお店に連れて来られたから、ちょっと出会った頃のことを思い出しちゃった」

「そ、そう言われてみたらそうかもな。

そう考えたら、あずさも出会った頃とは変わったよな」

話の文脈からアキラが言いそうな言葉を適当に選んでしまった。

「あら？　そうかしら？　具体的にはどんな所が？」

そりゃそうくるに決まってる。なんとか誤魔化さなくては。

「それは秘密やわ。ていうかオレだけ〝昔は殻を被ってた〟って言い方をされたから、悔しくて、言っただけ！」

「ふふ。そういう負けず嫌いな所アキラ君らしいわね」

はぁーー、なんとか話を誤魔化せた。

しかし、ワタシはいつの間にか彼女の中に眠る「本音のトリガー」を引いてしまっていたようだ。


「そうね、変わったと言えば、ワタシも変わっちゃったかもね。昔のままのワタシだったら〝奥さんと別れてワタシだけを見て〟とか言っちゃってたかもしれないけどね。今はそんな風に思わなくなったわ。アキラ君が奥さんのことを大事にしたいって気持ちも尊重したいし、アキラ君から奥さんの話を聞くのも好きよ。

ワタシとは違って素直にアキラ君に甘えられる奥さんに惹かれて結婚した気持ちも分かるもの」

ますます男女の関係が確信に変わる発言と、ワタシのことを大事に思っているという発言。

そんな対極の話が舞い込んできた。

甘いのか苦いのか、もうココロが味覚障害を起こしそうだ。


不覚にもワタシは彼女にちょっぴり同情を覚えた。

それは彼女の話を聞いて、「不倫相手とはこういうもの」という、ワタシの思い込みが外れまくっていたからだ。

「この女はアキラをいずれは自分だけのモノにしようと企んでいる」そう思い込んでいた。

ワタシを悪く言うことで〝ワタシのほうがアナタに相応しい女なのよ〟なんていうアピールをする女だと思い込んでいた。

それなのに、実際にワタシの目の前にいる彼女は、ワタシに対する敵意などは一切なく、むしろワタシの存在に好意的なようにも感じた。


それからも、彼女の身の上話を聞くように世間話を続けたワタシたち。

その結果、ワタシが立てていた復讐プランがどんどん崩れ始めていた。

どこをどう探しても、彼女の嫌な所が全く見つからないのだ!


ダメだ、ダメだ、ダメだ!

相手はワタシの大事な夫を、大事な夫の性欲を、長い間自分のものにしてきた女だ。

こんなことで気持ちをホンワカさせている場合ではない。


そこで気を取り直し、ワタシは、反撃に出た。

「なあ、オレの妻の話なんやけどな。素直な性格って言うと、聞こえは良いけど、アイツの場合は小さな子供みたいなもんやねん。

オレに自分の要求を押しつけるばっかりでさ。一緒に家にいるとしんどい」

自分で自分の悪口を言うなんて、あまりにも惨めで情けないけど、彼女を「ワタシの悪口を言いやすい状況」へと追い込んだのである。


「あぁ!! またそんな風に言って!!

いつも言ってるけど、それはアキラ君が、

〝子供みたいに甘えてくる妻をお父さんみたいな愛情で愛したい〟と思っていたから、引き寄せた現実じゃない。

それが思った以上に精神的に負担だったと感じるのは仕方ないかも知れない。だけど自分の願いを叶えてくれた妻を悪く言うのは違うと思うわ。

……ってこの会話は前もしたから、耳にタコだね。でも奥さんの悪口を言うアキラ君は好きじゃないな。

それに今のアキラ君には、〝甘える女〟と〝甘やかす女〟の2人がいて、やっとバランスが取れている状態でもあるし。

ワタシといて居心地が良いのは〝妻を養っている〟という男のプライドを消化して、デザート的にワタシとの時間を楽しんでいるからよ。

もし奥さんと別れたら、結局あなたは〝オレは誰かを養ってるんだ〟という男のプライドを消化するための相手を探すだけよ。

ワタシはもう前の結婚で、そんな風に男のエゴの対象になるのはコリゴリなの」

「えっ!?　この女何言ってんの!?」

そんなリョウコとしての言葉が、口からこぼれ落ちそうだった。

この会話の文脈からすると、思い詰めて離婚することを考えたアキラに「離婚をしないように」とこの女が説得してくれていたみたいじゃないか！　あまりの予想外過ぎるあずさの言葉に触れて、ワタシは別れ話を切り出す糸口を完全に見失った。


会話に苦しんだワタシは、あずさがいつも話していそうなことに話題を振るので精一杯だった。

「そういえばあずさは結婚はもうコリゴリっていつも話してるもんな」

「そうね。ワタシの前の旦那は
〝養ってやってる〟

という恩着せがましさと、

〝養われてる女に自由なんてない〟

という古い考え方でモラハラが酷かったからね。

ワタシも昔はその不自由さを愛だと錯覚して生きてきたけど心が壊れてしまった。

でもその状況で救いだったのが、ヨガに出会ったことだわ。

それまでは生きていくためには、夫の支配に対して従順でいなきゃって自分に言い聞かせて本心を無視して生きていた。

だけど、ヨガを習いに行ってからは、自分のカラダには意志があって、カラダはいつもココロに本心を語りかけているんだということに気づいたのよ」

なんだかどこかで聞いたことのある言葉だ。今は黙りこくっているあの関西弁の野郎の声が今にも聞こえてきそうだった。

「〝もうこんな生き方は限界だ。もっと自由に生きていきたい〟

そうカラダがココロに語りかけてきたの。時間はかかってしまったけど、ワタシはその声に従うことにした。

そして自分のチカラで生きていくためにヨガ教室を始めようと決めた時、不思議とアキラ君とも出会ったのよね。

アキラ君が既婚者だったし、ちょうど奥さんに対する責任感に疲弊していた時期だったからワタシたちの

〃自由に愛し合うチャレンジ〃
が成立したのかもね。お互いがお互いを、〃自分だけのモノ〃のように所有したり支配する考え方を毒抜きするためのチャレンジが。
……ってやっぱり今日はいつもと様子が違うわね。なんかいつもよりもワタシの話を真剣に聞いている気がする。アキラ君、熱でもあるのかしら」

あずさの話はワタシには何もかも衝撃的だった。ワタシの想像していた2人の関係とは違い過ぎたからだ。

今のワタシの狭い価値観では消化しきれない価値観をあずさは持っていて、アキラはそこに癒され惹かれていったことが想像できた。

いや、できたと言うか、こんなの「惚れてまうやろー！」だった。

こんな女が相手じゃワタシに勝ち目なんてない。そう思って落胆した。

少なくともこの時間内にあずさの嫌な所を見つけるのは不可能に近かった。

自信をすっかりなくしたワタシは一旦作戦を練り直すためにお手洗いへと向かうのだった。

もちろん入ったのは、未だに抵抗感のある男子トイレだ。

《リョウコちゃん、どや⁉　あずさちゃん。モノごっつええ女やろ⁉　たまげたやろ⁉

こんな女、世の中におってええんか‼　のレベルやろ？》

ようやくアキラのカラダが話しかけてきた。

「うるさい、この裏切り者‼︎　人でなし‼︎」

そう言いながらワタシはアキラの股間を反射的に平手で強く叩いた。

《痛ぁぁ‼》

「痛ぁぁ‼」

もちろん、痛み分けだ。それに股間を強打する痛みは想像以上だった。

《何をするんやリョウコちゃん。痛いやんか‼》

「だってあの人と今まで浮気してたんでしょ⁉　その癖に《ワシはリョウコちゃんの味方やで》みたいな態度とってさ。本当、もう信じらんない！」

『そんな言うたかて仕方ないでリョウコちゃん。夫婦やから言うて、あのままリョウコちゃんとだけセックスするルールに縛られとったらワシは干からびて死んどったで。

リョウコちゃんのカラダも言うとったやろ⁉

男は自分のエネルギーをちゃんと受け取ってくれる女、それで満たされてくれる女とセックスすることでようやく自分も満たされて生命力が回復するって。

アキラの奴真面目やからそういう女とリョウコちゃんみたいな接触不良の女の違いが今イチ分からずに生きてきとってん。

でもそんな中出会ったんがあずさちゃんや‼

リョウコちゃんも会うてみて気づいたやろ⁉

あの子、分かりやすく普通の子とは全然違うねん。

庇うわけちゃうけどな、アキラはずっと抵抗しとったんやで。

「リョウコのことは裏切れへん」「リョウコのことは裏切れへん」

って念仏みたいに唱えとったわ。

でもそれやとワシらこの先の人生もたへんやんか⁉　せやからワシが全力でアキラを説得してなんとかセックスに漕ぎ着けたってことや』

「結局、アキラのせいじゃなくて、アンタのせいってことじゃないのよ！　ホント最低!!」

あまりにも流暢に話すアキラのカラダに苛立ちを覚え、ワタシはまた反射的にアキラの股間を平手で強く叩いた。

《痛ぁぁ!!》

「痛ぁぁ!!」

《何回しばくねん、使いもんにならんくなったらどないしてくれんねん！　どアホ！　でもな、リョウコちゃん。怒る気持ちは分かるけど、ワシとアキラの思考はチームや。やからアキラの思考が、

「そんなこと絶対にしたらアカン!!」

って言うてても、その判断が間違ってる時はワシらはカラダを張ってでも気持ちを変えさせなアカンねん。カラダだけにな。

君ら思考はそういうのを、【誘惑に弱い】とかって決めつけるけども、決してそうい

うわけやないんやで』

「そんなこと言われてもアナタのよこしまな性欲を屁理屈で正当化してるようにしか聞こえないわよ！」

『何がよこしまな性欲やねん!!　まだそんなこと言うとるんか自分!?　ええ加減にせなアカンで。

そんなんやから、自分のカラダに愛想つかされるんや。

ワシはハッキリ言うとくけど今日はリョウコちゃんの意志は尊重せぇへんからな!!』

「はぁ!?　尊重しないってどう意味よ!?」

『ワシは、いやワシらは今日あずさちゃんとセックスする!!』

「げっ!?　何言ってるの？　マジで。そんなことできるわけないじゃん。

何でワタシがアキラの不倫相手とセックスしないといけないのよ!!

冗談じゃないわ。

やっぱり今日でキッパリ別れて帰りますから！」

『そんなこと言うたかて、さっきリョウコちゃんもあずさちゃんの海のように寛大なココロに少し感動しとったやないか。

しかもあの子、口だけやないで。ホンマにセックスも、ものゴッツええんや。そういう言い方してまうと下世話に聞こえてまうかもやけどホンマ神様とセックスしてるんかいなって思うぐらい凄いんやから》

「はあ⁉」

《悪いことは言わん。今後の参考やと思ってあずさちゃんとセックスするんや！リョウコちゃんはセックスがなんたるかを分かってなさ過ぎや。そのまんまやとホンマに元に戻られへんくなるで！》

「やらないったら、やりません！ ワタシはそんなことしてまで元に戻りたいと思いません。それなら、アキラとして一生、生きていくほうがよっぽどマシです」

《へっ⁉ リョウコちゃん何言うとるんや？

そんなんワシがたまったもんやあらへんがな。勘弁してやぁー》

「もう、しつこい！」

そう言いながらワタシはまたまた反射的にアキラの股間を平手で強く叩いた。

《痛ぁぁ‼》

「痛ぁぁ!!」

もう何なんだろうか。本当に腹の立つカラダである。

もちろんそんな提案を受け入れるわけもなく、ワタシはあずさの待つ席へと戻った。

「ゴメンな、遅くなって。トイレでバッタリ知り合いと会ってさ。長話してもうた。世間って狭いもんやな」

「全然気にしないで。水槽に泳いでる魚を見ながらワタシも色々考え事してたから」

「へえ、どんな考え事?」


しばらくの沈黙の後、あずさは言った。

「今日はアキラ君とどんなセックスしようかなって」

そう言いながらあずさがワタシの目をじっと見つめてくる。

不覚にもドキッとした。何なんだ!!　この透き通った綺麗な目は!!

「見返りなんて求めてない。ただ純粋に今日もあなたとひとつになりたいの」

そう彼女の目がワタシに訴えかけてくる。そして何よりあずさが放つ妖艶なオーラにカラダが反応していた。

下半身のあいつがムズムズして熱くなっていく。

今は言葉を持ったアキラのカラダが、『言葉を持つ前はこうやって主張していたんやで』と言わんばかりに身体感覚を通してワタシに語りかけてくる。

胸の鼓動が早くなっていき、熱を感じていた下半身がハッキリと盛り上がっていくのを感じる。

ヤバい!!　ムラムラする!!

この性的衝動をなんとかしないと。

目の前に、どうしても食べてみたかったスイーツが置いてあり、「どうぞお食べください」と言われた場合、そのトラップを回避できる人間はこの世にいるだろうか。

……。

気づいた時には、ワタシはホテルのベッドの上にいた。

バリ風のラブホテルとは思えないほど、洗練されたホテルだった。

男がカラダで感じる性欲は性行為に対する危険が少ないせいなのかとても衝動的だ。

ワタシはそんな自分を正当化するために、自分にこう言い聞かせた。

「今夜、ワタシが彼女を拒否したとて、今までアキラが浮気していた過去は消えない！」

もしアキラに今日のことがバレるとしたら、アキラはどう思うだろうか？

自分の妻が自分に入れ替わって自分の彼女とセックスをしたと知ったら。

それでもワタシたちは夫婦として上手くやっていけるのだろうか？

ベッドの上まで来ておいて、またもや余計な思考がワタシの頭の中をグルグルしていた。

『また得意の考え事かいなリョウコちゃん。

ちょっとあずさちゃんを見習わなアカンで君。

無駄な考え事をしてないシンプルな思考のあずさちゃんから伝わってくるものを感じてみ』

そんな言葉に呼応するように、あずさがワタシの手を握った。

あずさの心はとても穏やかで安定している。

そんなエネルギーが繋いでいる手から流れ込んでくるようだった。

手を繋いでいるだけなのにこんなにココロが気持ち良いのはなぜ？

その心地よさのおかげでさっきまで頭の中でグルグルしていた思考が嘘みたいに綺麗におさまった。


『どうや凄いやろ？　あずさちゃんのエネルギー。

手を繋いでいるだけでこんな気持ち良いんやで。

もうセックスなんかしたらリョウコちゃん、白目剥くんと違うか？』

確かに、ワタシの思考とは裏腹に、彼女の存在を、エネルギーを、もっと感じたい！

そうカラダが望んでいることが感じ取れた。

関西弁にもいやらしさを感じなくなっていく。


あずさの腕がワタシの首に蛇のようにまとわりついてきたのは、ちょうど彼女と目が合った瞬間のことだった。

セックスが始まるその瞬間は、自分が相手のパーソナルスペースに介入する瞬間であり、相手が自分のそれに介入される瞬間でもある。

その〝一瞬〟にワタシたちは無意識に込められた相手の意図をカラダで感じとっているのかもしれない。

そう感じたのは、

『さぁ、ココロもカラダも裸にしてひとつに還るのよ』

と、ワタシに絡みつくあずさの腕（カラダ）から微かにそんな声が聴こえた気がしたからだ。その声を目の前に、ワタシのカラダはみるみると脱力していった。

『緊張しなくて良いのよ、そして無理に男らしく振る舞う必要もないわ。あなたの、そしてワタシのカラダの意志に委ねれば良いのよ』

ワタシを抱きしめるあずさのカラダからまた声が聴こえてくる（ような気がした）。

あずさの唇がワタシの唇に吸いついてくる。不可抗力とはこのこと。さらにワタシたちはお互いの情熱を絡ませ合うように、舌と舌を絡ませ合った。

あずさの舌の動きは少しずつギアを上げるように激しくなっていく。

互いの唾液が混ざり合い、その混ざり合った唾液が媚薬のようにカラダを熱くしていく。

カラダ中が熱くなり、熱くなるにつれカラダが膨張するような感覚が襲ってくる。

その感覚は下半身にまで広がり、ワタシ（アキラ）のアソコは硬く、パンパンに膨らんでいた。

「アキラ君、ダメじゃない。こんなに硬くして悪い子ね」

そんなワタシを、妖艶な口調で罵るあずさ。

アキラはこのソフトな言葉責めに喜んでいたのだろうか？

ワタシの前では脱ぐことのできなかった「男らしさ」という名のココロの鎧をあずさはこうやって脱がせることに成功したのだろうか？


「アキラ君のエッチなオチンチン。もっと触らせて」

まるで男性が女性をリードするかのようにあずさはワタシを扱ってくる。

触れるか触れないか微妙なぐらいの優しいタッチであずさの手がアソコを包み込む。

ワタシは感じたことのない繊細な快楽に陶酔していった。

棒状のそれをタワシでこするかの如く、ガシガシと手コキをしていたワタシの手の動きとはまるで違う。あずさに触れられることで局部から全身に快楽が駆け巡るような感覚が走る。

言葉で言うなれば、

「触る」

ではなく、

「触れる」。

つまり、「相手が気持ち良くなっているのが嬉しい」みたいな、そんなレベルではなく、「相手の気持ち良さが自分の気持ち良さともシンクロしていく」。

そんな体験をしているようだった。

「アキラ君が気持ち良いとワタシも気持ち良いのよ」

その言葉通り、あずさのカラダもワタシと同じように全身が火照っているのが伝わってくる。

きっかけを掴んだワタシは見よう見まねであずさがするそれのように、あずさのお尻に軽く触れてみた。

するとワタシの手にもあずさのカラダの内側で感じている快楽を感じとることができた。

お互いがお互いに、

・自分の感じている感覚

・相手の感じている感覚
・相手の感じている感覚を通して感じる感覚
の3つの感覚を感じながら触れ合うことに没頭していった。

今までのセックスで感じていた刺激の強い快楽とは違う、優しく温かいエネルギーでお互いのカラダを満たしていくような気持ち良さを味わった。

この触れ合いは、まるでカラダとカラダがこれからひとつになるための信頼関係を作っているように感じられた。


「今度は乳首も気持ち良くしてあげるわ」

そう言って、あずさはワタシの着ていたTシャツを捲り上げ、ワタシの乳首を舐め回した。

乳首を優しく転がすようなあずさの舌遣いに、思わず声が漏れてしまう。

「ぁぁアン」

ダメだ、今は男性としてセックスをしているのに、まるで女性としていつも喘いでいる時のような声を出してしまった。

こんな声をアキラが出すはずがない！

そう思い、少し困惑しているとあずさの口から意外な言葉が……。

「我慢しなくても良いのよアキラ君。

もっと〝いつもみたいに〟アンアン喘いで良いのよ」


アキラはあずさの前では「アンアン」と女性みたいに喘いでいるのか？

やはりあずさは、普段アキラが閉じ籠ってる「男らしい」という殻を剥がそうとしているのか？

そう解釈するとあずさの行為のひとつ、ひとつの動機が見えてくる。

それにしてもあずさの舌の動き……、

《あぁぁぁ気持ちええ》

「あぁぁぁ気持ちええ」

思わず、ワタシはカラダに感じた快楽をそのまま喘ぎ声として、出力してしまった。

「可愛いわアキラ君。大好きよアキラ君」

その喘ぎ声を聞いたあずさの舌遣いは、ドンドンと激しくなっていく。

あずさの舌も手と同様にワタシのカラダの内側の「気持ち良い感覚」を感じ取っているのが伝わった。


《リョウコちゃん、セックスは意識の焦点をどこに向けていくかが肝なんやで。
・自分の感じている感覚
・相手の感じている感覚
・相手の感じている感覚を通して感じる感覚
あずさちゃんは、リョウコちゃんが感じている通り、この3つの感覚に意識を向けることをコミュニケーションの軸にしとるんや!!

この3つの感覚を軸にして行われるセックスに、

「気持ち良くしている側」と「気持ち良くされている側」の垣根はないんや》

「(垣根がない？ じゃあ、垣根を作っている原因って一体なんなの？)」

セックスの最中にも関わらず、やはり思考グセが抜けないワタシは、頭の中でカラダとおしゃべりを始めた。

『せやな。垣根を作っているんは、

「男は気持ち良くする側」

「女は気持ち良くされる側」

という大いなる思い込みや!!

やから、あずさちゃんはあえてアキラを、女のように扱うことでその意識から解放させてたんやで!!

ワシら男は家や職場では【男らしく】振る舞うことが無意識のプログラムとして働くやろ?

せやからセックスを始める通過儀礼（前戯）として、あずさちゃんは【男らしさ】っちゅう根源的な思い込みのブロックを外させようとしてくれてるんや!

あずさちゃんがそんな風に、ワシらに初めて触れた時はびっくりしたで!　なんて心地ええんや!　ってな』

アキラに【男らしさ】を押しつけていたワタシ。

アキラを【男らしさ】から解放していたあずさ。

そんな風に解釈してしまうと自分という存在がとても幼稚で子供じみた存在のように感じられてしまって惨めだった。

あずさが食事をしながら話していたように、アキラの中に、「【男らしさ】を求められたい」という欲求があった。そして、ワタシは結婚生活の中でその欲求を満たしていたんだ。

でも「そこから解放されたい」なんていう欲求が同時に潜在的にあったことを見落としていた。だから今みたいなセックスレスの状況を作り出してしまったんだなとつくづく感じた。アキラと同様に、ワタシも自分に【女らしさ】を押しつけていたのかも知れないとも。


「じゃあワタシも、そんな自分を脱ぎ捨てよう!!」

そう思い立ったワタシはあずさのパンツを脱がせた。

そして、ソファにあずさを座らせて股を開かせた。


「今度はオレが気持ち良くしたるわ」

そう言いながらワタシは、あずさのクリトリスをあずさがワタシの乳首にやったように舐め回した。あずさがカラダの内側で感じている感覚を感じながら、ワタシはゆっくり、ネットリと舌を動かした。

あずさのクリトリスは次第に硬く膨れ上がった。

男性と女性のポジションを急にスイッチさせたことに、あずさのカラダは興奮しているようだった。

「ダメよ、アキラ君急にどうしたの？　恥ずかしいわ。シャワー浴びてないのにそんなところを舐めるだなんて」

「いやらしい匂いがするよあずさ。凄いエッチだね。興奮するよ。

さっきまで責めながら興奮してたくせに。本当、スケベだねあずさは」

自分の口からとは思えない言葉が、勝手に出てくる。

ところで、セックスの最中に感じる嗅覚の情報はニュートラルな情報ではなく、細胞と細胞の相性の判断に使われる情報なんだとか。そのため、クサいかどうかに関わらず、その匂いを不快に感じたり、快に感じたりする……なんてことが何かの本に書いてあるのを読んだことがある。

まさにあずさのアソコの匂いにワタシは興奮していた。

きっとその興奮が、ワタシとは思えない言葉を出力させたのだろう。

カラダが入れ替わってもなお自分の中で解放しきれなかった【女らしさ】という殻が、音を立てて崩れていくのを感じた。

そんな感覚が次第に強まっていく中で、

『いいでリョウコちゃん。ここまでよぉ頑張った。

こっからは解放モード全開やぁ!!』

という声が聞こえた。

そのカラダの声を合図に完全に思考が止まった。そして、カラダがまるで他の生き物かのように勝手に動いた。カラダを動かそうという頭からの指令ではなく、カラダそのものの意志に基づいてカラダが勝手に動いているようだ。

その現象を目の当たりにし、自分のカラダそのものが自分の意識とは独立した別の生き物なのだということを改めて思い知らされた。

《最高や!!　最高やでこの感覚!!》
今までにないぐらいにカラダが躍動しているのを感じる。
さっきまで少し機械的に動かしていた舌の動きが急に一変し、まるでナメクジが這いずるようにあずさのクリトリスの上を動いていく。

「やん、止めて、アキラ君。凄いエッチな舌の動き」

ワタシの中での意識のモードが変革したことをあずさも感じ取ったのだろう。
彼女の手がシンクロするようにワタシのアソコをとらえた。
あずさの手とワタシの舌が、タンゴを踊るように同調する。

「あっ、あずさ気持ちええよ」
「アキラ君、ワタシもよ」

ワタシたちはしばらくお互いのカラダ同士の意志に自分たちを委ねながら、自動モードのまぐわいを楽しんだ。

とうとう我慢しきれなくなったあずさの膣がワタシのアソコを捕食するかのように上から吸いついてきた。


そう、騎乗位である。


あずさの膣の中に根元まで吸い込まれた時である。まるで全身のエネルギーが、あずさというブラックホールに吸い込まれるようだった。

ただそれは、吸い込まれる一方ではなく、逆にペニスを通して新しいエネルギーをあずさから受け取るような、そんな感覚でもあった。

ワタシたちはしばらくの間、目を見つめ合いながらお互いの性器と性器が絡み合うのを楽しんだ。

しばらくして、腰の動きを緩めるワタシ。

そんなワタシに対し、あずさは自分の気持ち良い所を探し当てるように自らで動き始めた。そして「ここだ！」と言わんばかりにカラダをくねらせる。

そのなんとも言えない恍惚な表情からは、あずさがしっかりと快楽を捕まえているのが伝わってくる。あずさが感じている大きな津波のような快楽はワタシのカラダの内側にもやはり伝わった。

カラダの内の内の内にあるカラダの軸がドンドンと共振していく。

〝ビクビク！　ビクビク！〟

あずさのカラダの中で起こる、激しいバイブレーションが手に取るように分かった。そのバイブレーションから伝わるエネルギーは、どんどんワタシのカラダの内側を満たしていった。

ますます腰をくねらせるあずさ。

カラダの中にエネルギーがパンパンに詰まり、「これ以上はいっぱいにならない」と感じた次の瞬間、

「ダメ、ダメ。もう無理、溢れちゃうよ」

とあずさもまた、同じようなことを口にした。

カラダという器からエネルギーが溢れた瞬間、2人は同時に絶頂を迎えた。

先日、自分の手でイッた時の何倍も多くの精子があずさの膣に吸い出されるようだった（もちろん避妊具の中でだったけれど）。

そうこうしていると、またあの強烈な脱力感がワタシのカラダ全身を襲った。

ただこの間と違うのは、その脱力感の上からあずさがカラダで感じているオーガズムの優しく、そして温かいエネルギーが染み渡るような感覚が伝わってくることだ。


『どうやリョウコちゃん。カラダの中の悪い気が全部外に吸い出されて、クリアになった気分は。カラダに優しく母親の愛情のようなエネルギーが注ぎ込まれてくるんが、分かったやろ!?

男はセックスで女に深く受け入れられ、安心してココロを裸にすることで、まるで生まれ変わるような感覚を味わってるんや。リョウコちゃんもこれでちょっとはセックスとはなんぞやってことが分かったんと違うか？』

アキラのカラダの言う通り、
相手のココロを裸にすることの重要性、
そのためにまずは自分のココロを先に裸にする重要性、

そして何よりお互いにココロを裸にしてするセックスの素晴らしさを、ワタシはあずさとのセックスを通して学んだ気がした。

目の前にいるあずさの顔を見ると、ただ穏やかで、ただ優しい感覚に包まれ、カラダ全身が新しい生命力に満ち溢れているような顔をしていた。

その表情は10日前に見たワタシの顔と共通するものがあった。


「この女性とまたセックスをしたい」

不覚にもワタシはあずさに対してそんな風に感じてしまった。

本当は憎い相手なはずなのに。カラダはこの女性に、この女性と創り出すオーガズムの不思議な感覚に、もっともっと触れていたい。そう感じているようだった。

「アキラ君、今日〝も〟凄かったわね。ホントにワタシたちのカラダの相性って最高よね」

その言葉にあずさとアキラにとってはこのレベルのセックスがいつも通りであることが分かった。

アキラはこんなにも深く繋がるセックスをワタシ以外の女としていたんだ。

まるで自分の全てを受け入れて貰えるようなセックスを。

男らしくあろうとカッコをつけていたワタシとのセックスでは味わえない幸せを感じていたに違いない。

ココロを裸にできることの喜びを感じていたに違いない。

実際にあずさとセックスをしてしまったせいで色んなことをより生々しく想像してしまった。


夫婦であるワタシたちは入れ替わった状態でこんなセックスができるのだろうか？

そんなことを考えているとあずさが再びワタシに抱きついてきた。


「あぁ、やっぱりアキラ君とは、こうやってくっついているだけで幸せ」


あずさの表情は、まるで小さな女の子が無邪気に父親に甘えるようだった。

賢い大人の女の顔。

妖艶に本能を解放するメスの顔。

父親に甘える女の子の顔。
まるで別々の顔を使い分けているようなあずさ。

そして、〝くっついているだけで幸せ〟という、その純粋な幸せを壊さないためにあずさはアキラとのこの曖昧な関係を選択しているような気がした。

DAY 22

射精のための偽りの優しさ

リョウコとカラダが入れ替わって3週間が経とうとしていた。カラダが入れ替わる前、なぜオレはリョウコとセックスができなくなってしまったんやろうか？　その原因を未だにオレは分からずにいた。

妻にだけ欲情しない。妻にだけ勃たない。

〝妻だけED〟なんて言葉をネットで見つけた。やけど原因は決まって精神的なことしか書いてなかった。

「精神的なこと」と言われても、オレには思い当たる節がひとつもなかった。

オナニーの回数が増えたわけでもないし、風俗に通っていたわけでもないし、ましてや当時はまだ浮気をしてたわけでもなかったし。トイレットペーパーが突然切れるように、オレのリョウコに対する性衝動はある日突然なくなった。

リョウコを見て、「綺麗だな」と思う気持ちは変わらない。

いや、パートナーに対してそう思い続けたくて、人生で出会った中で一番見た目が好みだったリョウコとの結婚を選択したはず。

それやのに、なぜかオレのリョウコへの性欲はある日突然行方不明になってしまった。捜索願いを出したいくらいや。

リョウコに対する申し訳ない気持ちや、
自分に対する情けない気持ち、
色んな感情が邪魔して焦れば焦るほどセックスは上手くいかへんくなった。

そんな状況の中でオレはあずさと出会った。ホントに不思議な出会いやった。

出会った瞬間に、全身がフワッと解放されるような感覚があった。あずさと話していると自分のココロの中の詰まりがドンドンと取れていくような感覚があった。

このなんとも言えない解放感に逆らえず、オレはあずさとカラダの関係を持ってしまった。

あずさとするセックスはリョウコとするセックスとはまるで違う次元の体験やった。

あずさとセックスをしたことでオレはなぜ自分が、〝妻だけＥＤ〟になってしまったのかが分かった気がした。

オレは知らない間に、
リョウコを幸せにしなきゃいけない、
子供たちを幸せにしなきゃいけない、
と肩にチカラが入り過ぎてしまっていたのだ。男のプライドってやつや。

2人目の息子・天心が生まれたぐらいからそのチカラの入り具合が強くなり、いつしかチカラの抜き方が分からなくなってしまった気がする。

やからリョウコにセックスをしようと誘われても、そんな気分になれへんかった。

オレは毎回、まるで就職活動の面接にでも挑むような緊張感で、リョウコとベッドの中で対峙してしまっていたのだ。

そのことに気づいたのもあずさとのセックスで身もココロも丸裸にされたから。

男としての見栄やプライドを忘れて行うセックスの中で、肩にチカラが入っていない状態を思い出すことができた。
この感覚を思い出した時、肩にチカラが入ったままやったのはオレだけでなく、リョウコ自身もまた、そうであることに気がついた。
リョウコはリョウコの中で、
妻としてちゃんとしなくてはいけない、
母親としてちゃんとしなくてはいけない、
という責任を抱え込んだまま、オレとセックスしようとしていたのだ。
硬直状態で行うセックスなんて気持ち良いわけがない。

硬直する必要があるのは、アソコだけや。


そんな中、オレだけがあずさとのセックスで、甘える状況を作り出している。

そのことに、次第に罪悪感を感じるようになっていった。

「リョウコともう一度向き合わないといけない！」

「あずさとの関係もこのままでは良くない！」

いくらあずさが魅力的な女性で手放すには惜しい女やとしても自分だけ良ければいいとはオレはどうしても思えなかった。もちろん、どの口が言うてるねんやけど。

それでも、オレの中でどんどんと夫婦の間に精神的幸福の格差が生まれることで膨らんでいく自己嫌悪や罪悪感にいつしか苦しむようになっていった。

ただ麻薬のように中毒性のあるあずさとのセックス。その快楽から抜け出せずに苦しんでいた最中に今回の入れ替わり事件が発生した。


思わぬカタチで、夫婦が向き合える機会を手に入れたのだ。


オレはカラダが入れ替わってから想像以上に幸せな毎日を過ごしていた。リョウコのずっとそばにいるような感覚で毎日を過ごしていたから。

何よりリョウコのカラダはオレの愛情に素直やった。

その実感は入れ替わった初日からあった。

鏡に映るもう1人の自分が愛おしくて、愛おしくてたまらへんかった。

やからカラダが入れ替わったその日から、オレはまるでリョウコと情熱的なセックスを行うように、オナニーに明け暮れた。
リョウコには悪いけど、リョウコの思考を挟まずにするリョウコのカラダとの対話はとても幸せな時間やった。
リョウコと付き合った時よりも、
リョウコと結婚した時よりも、
リョウコになった今が一番、リョウコをそばに感じている。
それは、リョウコのカラダも同じ思いみたいや。

《今までが嘘みたいに全身がアキラさんの愛で満たされていく。
ワタシ超幸せよぉー。
もういっそのこと、このままずっとワタシのカラダの中にいてよアキラさん》
リョウコのカラダは情熱的に愛する度にオレにそう語りかけてきた。
オレたちはこの22日間、恋愛ごっこをするように毎日を楽しんだ。
鏡に向かって、
「リョウコ、大好きやで」

と言うと、カラダの内側から

『ワタシもよ、アキラさん』

と返事が返ってくる。

自分の理想の女性が常にそばにいる感覚。しかもその女性は、自分の意志を反映できる。

それは言葉にできないぐらい幸せなことやった。

オレは確実に理想の女性として生きることに喜びと楽しみを見出していた。

最初はぎこちなかったメイクもリョウコに教えて貰ううちにどんどん上達していった。

特に楽しかったのは、ファッション。

男の時の自分が、異性に求めていた洋服を買ったり、自分が興奮する下着を買ったり。そんな毎日がとてもエキサイティングな時間やった。

もちろん、大変なこともあった。未来や天心の存在や。

抱っこをせがまれたり、お菓子をしつこくおねだりされたり、食器を何枚も割られたり。それはもうむかつくことの連続。

せやけど、それと同時に2人と一緒に過ごせる贅沢さを感じることができ、それは「もうこんな生活、嫌！」となるまでの理由にはならへんかった。

いつの間にか、「このまま戻れなかったらどうしよう」という危機感は薄れ、むしろ入れ替わる前の生活よりも幸せかも知れないと思うようにすらなっていた。

でもこんな風に感じているのはオレだけではないらしい。10年ぶりに外に働きに出ているリョウコも以前よりもイキイキしているように感じた。

カラダが入れ替わったことで、お互いに「自分」という狭い殻から抜けた解放感を感じていたのかも知れない。

神様に「自分」をお休みする特別な休暇を貰った。

そしてその人生の特別な休暇はまだ68日〝も〟残されている。

オレはそう感じていた。オレは残された68日の間に、理想のリョウコとしてどうしてもやってみたいことがいくつかあった。

そのうちのひとつが、男性に死ぬほどチヤホヤされることやった。

街を歩いていてナンパをされてみたり、ｂａｒで男性に口説かれてみたり、自分とセックスをするために男たちがあの手、この手で近寄ってくる感覚を味わってみたかったのだ。

動物界ではオスはメスと交尾するためにいつも必死にセックスアピールをする。これは雄の本能や。

自分の遺伝子を残すために自分が優秀なオスであることをメスにアピールしようとするのである。

もちろんそれは人間の社会でも全く同じこと。

だから男性は女性とセックスをするためにいつも必死にセックスアピールをする。

ただ、そのことに大きなストレスを抱えている男性も少なくない。なぜって、アピールが上手い男性やアピールしなくても女性が向こうから寄ってくる一部の男性を除けば、多くの男性はセックスを断られると、自分の存在自体を否定された気持ちになるから。

セックスを拒否＝「この役立たず！」と言われているも同然なのである。

オレももちろん例外ではない。

リョウコに告白した時だって、「もしフラれたらどうしよう？　明日から会社に行けない」なんて思いながら、転職覚悟で告白をした。

そのため、いつもアピールされる側の女性は一体どんな気持ちなんやろぅ？　とばかり想像していたのだ。

結婚して真面目に専業主婦をしてくれているリョウコに安心しながらも、どこかで「もったいないなぁ、若くて綺麗やから、もっと外でチヤホヤされてくればいいのに」と思う自分もいた。

もちろん実際に寝取られでもしたら、気が狂っていたに違いないやろうけど。

でも同時に、自分のパートナーである女性が他の男性にチヤホヤされるのは、悪い気はしないのだ。

だって、他の男がうらやめば、うらやむほど、自分は価値の在る人間と一緒にいるんだと認識できるから。

そういうエゴもいわば、男性特有の願望なのかも知れない。

その日の夜、オレはリョウコに、

〝どうしても観たい映画がある〟

と言って子供たちを預け、1人で出かけた。

昔から映画好きなオレはよく1人で映画を観に行っていた。だから、リョウコも何も疑うことなく、「いつも育児に家事にありがとう。楽しんできて」と明るく見送ってくれた。


もちろん行き先は、映画館ではない。訪れたのは目黒の駅前にあるTRUNKというワインバー。

クライアントに一度だけ連れて行って貰ったことのあるお店。

カジュアルながらも、コンクリートが打ちっぱなしになっていたりして、お洒落な雰囲気。男女問わず1人で飲みに来たもの同士が打ち解けやすい場所やった。

オブラートに包まずに言うと……〝大人の男女の出会いの場〟というのに相応しいお店や。

リョウコの価値を実感するのには、ちょうどいいと思った。

だって、若い男たちは誰にだってチヤホヤする。しかし、大人のハイスペックな男性に口説かれたときたら、それは本物の証拠となるから。

カウンターに座るとまずは女性らしく「自家製サングリア」を注文した。


その直後やった。


2つ向こうの席に座っていた長身の筋肉質の男性が席を詰めて声をかけてきた。

「お1人ですか？　お姉さんお綺麗ですね。良かったらそのサングリア、ボクに奢らせてくれませんか？」

早速、地引き網に大きな魚がかかったようだ。

何の仕事をしている人なのだろう？

ルイ・ヴィトンの白シャツに、シンプルなデニム。スニーカーはY－3のロゴが入っている。

お、時計はロレックスのデイトマスターを嫌味なく巻いている。

オレはいつの間にかまるで太客を狙うキャバクラ嬢のような目線になっていた。結果から言うと、大人のハイスペックな男性に認定である。

「わぁ、ありがとうございます。じゃあお言葉に甘えて」

オレがそう言ってサングリアのグラスを受け取り、そのグラスで男が持つグラスワインの頬にキスをすると男の鼻の穴がかすかに膨らんだ。

心の中の〝ヨシっ!!〟という声が今にも聞こえてきそうやった。

それでも男は冷静を装い、「お名前聞いても良いですか?」と会話を始めた。

「ワタシはリ…いえ!!

愛って言います。ワタシもお名前教えて欲しいです」

思わずホントの名前を名乗りそうになったが、何かあってはいけないと、とっさに嘘の名前を伝えた。

「愛さん、素敵なお名前ですね。ボクは祐介って言います。愛さんはこうやってよく1人で飲みに来られるんですか？」

「いいえ、今日が初めてなんです。あのお、祐介さんって、こうやって1人で来ている女性によく声をかけるんですか？」

「ワタシは軽い女ではないですよ」と「あなたがどういうつもりで声をかけてきたのかを教えてください」を同時に探るべく、オレはそれにピッタリな質問を投げかけた。

「はい、素敵だと直感で思った女性にはお声かけするようにしています。話してみないことには何も分からないじゃないですか、お互いに。

実際、話してみて、素敵だなって感じる女性はそんなにいらっしゃらないですし」

完璧な答えやった。嘘臭さもなく、且つ誠実な答え。まずは最初の試験は楽々パスって感じや。

「そうなんですね。そんな風に言われるとプレッシャーだな。祐介さんは女性のどんな部分を素敵だなって感じるんですか？」

とオレはどんどんと相手の内面が透けて見えるような質問をした。

「ボクは自分の本心に正直に生きている女性が魅力的だなって感じます。色々頭で考えるより直感的に行動できる人が素敵だなって思うんですよ。

ボクが頭で色々考えちゃうタイプだから自分にないものを求めちゃうのかな。

愛さんは逆に男性のどんな部分に魅力を感じますか？」

あかん！　完璧な答え!!　これは遊び慣れている！　だってこれなら、この後カラダの関係を迫った時、女性に無意識に「本能に正直になることが正解だ」という刷り込みができる。

「ワタシは〝自分よりも男らしい男性〟の人が素敵だなって感じます」

その答えに感心したせいもあったのだろう。気が緩んだオレは不覚にもなんと〝男として〟その質問に答えてしまうのだった。

オレは、なんてことを言ってるんだ。自分より男らしい男性が素敵だ？　そんな答えを女性が答えるなんて、これだと完全に変な奴じゃないか。

しかし、祐介はそんな回答をものともしなかった。

「ははは。愛ちゃんは面白いことを言う子なんだね。それは男としてちゃんと尊敬できる人って意味なのかな?」

なんて優しい男なのだろうか。そして〝愛さん〟から〝愛ちゃん〟と呼び方を変える絶妙なタイミングにも正直ドキッとした。

「ゴメンなさい、変なことを口走ってしまって。

はい。そうです。ワタシはちゃんと尊敬できる部分がある男の人に惹かれます」

「尊敬かぁ。愛ちゃんは向上心が強いんだね。そういう男と女の関係に自分の向上心を持ち込む女の子もボクは素敵だと思うな。愛ちゃんのその向上心はどこに向いているのかな?」

「ワタシはデザインの仕事をしてるんですけど将来的には独立したいと考えています。デザインの仕事を通して社会がこれから進むべき方向性を示せるようなプロジェクトに沢山チャレンジしていきたいんです」

祐介の大人の包容力にすっかり気を許したオレは、会って数分の男に自分のビジョンを語っていた。

「ホント、愛ちゃんは真っ直ぐな性格なんだね。ボク、このお店でそんなに真っ直ぐに自分の夢を話せる女性に出会ったの初めてだよ。

なんか綺麗なだけの女性でなくて嬉しいよ。

だって、綺麗なだけで何もそういう熱い部分がない女性や計算高い女性って退屈だろ？

そうやって愛ちゃんみたいに応援したくなるような女性に出会いたかったんだ」

祐介のその言葉に嘘はなさそうやった。なんだか駆け引きを仕掛けた自分が恥ずかしいぐらいに祐介は真っ直ぐで素直な人のようや。

さっきまで心の中で男性を保っていたオレは、この祐介という男の魅力とお酒の酔いのせいで、ドンドンと気持ちが女性になっていた。

ただ気がかりがひとつ。リョウコのカラダが何も話しかけてこないことや。

この〝沈黙〟の意味を知るのは、それからしばらく後のことだったが、そんなことは女性歴の短いオレが気づけるはずもなかった。

さて、そんなことはさておき、オレたちの会話はそれからも続いた。

「祐介さんは女性の扱いが上手いんですね。話しかけた女性の良い所を見つけては、そうやって上手く特別扱いされているような気分にさせているの？」

「お、そんなに警戒する所を見ると愛ちゃんは裏表のある男に辛い想いをさせられた経験でもあるのかな？

まぁ女の子はそれぐらい警戒心があるぐらいでちょうど良いかもね。ボクは愛ちゃんに無理に信頼して貰おうとか頑張るタイプでもないし、そんなに器用な男でもないですよ」

なんて誠実な回答なのだろうか。同じ男として尊敬するレベル。気を良くしたオレは、いよいよ踏み込んだ質問を祐介に投げかけた。

「祐介さんってホントに大人の男性なんですね。祐介さんの前で子供じみた意地悪な牽制をするのは止めにしておきますね。

ちなみに祐介さんってどんな仕事をされているんですか？

差し支えなければ教えて欲しいです」

さぁ、オレが男としても惚れそうになった男はどんな仕事をしているんだ⁉　オレは期待を膨らませながら質問をした。

「ボクですか？　そんなに大した仕事してませんよ。

カラダを動かすのが好きなのでパーソナルトレーナーをしてます。

一応都内にフィットネスジムを3店舗開業してますよ。なんとか食べていけるぐらいは稼げてるかなって感じです」

仕事が全てじゃないが、完全に〝男として〟オレよりも一枚も二枚も上手だ。そのイケイケ具合にすっかり気持ちすら女性と化した。

きっとこの会話の調子で、優しく包み込むようなセックスをするんだろうな。

オレはそんな妄想を楽しんだ。

注文した料理を美味しくいただきながら、会話は進む。

すると絶妙なタイミングで祐介から、

「愛ちゃん、今夜は何時まで一緒に居られるの？　オレは明日も予定はないし、もう一軒飲みに行かない？

今日恵比寿のウェスティンに部屋を取ってるし、もう少しゆっくり部屋でお話がしたいな」

とお誘いが。

男のオレなら、この質問の意図がなんなのかは想像に容易い。

要は、「もう一軒、飲みに行けるかどうか」を聞いているわけじゃない。

「あなたを抱いてもいいかどうか」を聞いているのだ。

……。

気がつくとオレは、ウェスティンの一室のベッドの上にいた。

多分、「女性としてのセックスをしてみたい」という潜在的な欲求と、それを叶えてくれる安心安全そうな男という化学反応が、オレをここに運んだのだ。

広めの窓が部屋の突き当たりに広がる開放感のある部屋やった。

「素敵な部屋ですね」

そう言おうとした。しかし、祐介は「そんなことより」と言わんばかりに、「愛ちゃん、素敵だよ」とすっかりオスの顔に表情を変えていた。

祐介はオレ（リョウコ）のカラダを抱きしめながら、唇に優しくキスをした。

そのキスは、少しずつ激しさを増し、いよいよ舌が口の中に侵入してくる。

ほんの数秒のやり取りでオレの中に眠っていた、メスの性欲にスイッチが入ったようだ。

《あぁ確かに気持ち良いキスだわ。でも……

アキラさん、初めて抱かれる男はこの人でホントに良いのね》

ようやくリョウコのカラダが話し始めたのだ。

しかし、カラダの声の違和感を、オレは無視した。なぜなら、カラダが入れ替わってから、初めて自分以外の男のチカラを借りてリョウコのカラダを満たす体験にオレはワクワクしていたから。

その体験を共にするに相応しい男をしっかりと品定めしたんや。

同じ男だからこそ分かる〝良い男〟。祐介はそういう男のはずや。キスをしながら、カラダ全身のチカラがドンドンと緩み、相手に飲み込まれていくような感覚を味わっていた。


祐介はオレの腰からお尻を、ろくろを回る陶器のように優しく慎重に、撫で回した。

「(気持ちいい……)」

やっぱり想像した通り。この男なら理想的なセックスをしてくれるはず。その期待が確信に変わりそうやった。


しかし、次の瞬間。

『ダメ!!! アキラさん逃げてー!!!』

リョウコのカラダが、オレの中で叫んだ。

突然、祐介はオレの右手を道具のように掴み、その手を自分の股間に押し当てるように動かした。

オレの右手を掴む祐介のその手からは強い邪気を感じた。さっきまでの祐介とは別人のようである。

『さぁ、お前が楽しむ時間は終わりだ。

ここからはお前がそのカラダでオレを楽しませる時間だ』

ん？　祐介のカラダの声⁉　そんな声が聞こえたような気がした。

祐介のペニスは熱く、そして硬くなっていた。それからも無理やり触らされる祐介の祐介から、やはり強い邪気を感じたのであった。

『アキラさん、お願い。逃げて！　この男、やっぱり、女を射精の道具としてしか見ていないわ！』

その声に気づいた時には手遅れだった。

オレの髪の毛を鷲掴みにした祐介は、頭を自分の股間に近づけ、そして言ったのである。

「さぁ愛ちゃん。舐めてごらんよ。嬉しいだろ」

抵抗しようにも、これはリョウコのカラダ。フィットネスジムの経営をする傍らでトレーナーをしている男のチカラに敵うはずがない。


《ほら!!　ほら!!

コッチはとにかく射精できたらそれで良いんだからよ。

とっととシャブれよ!!》

祐介のカラダは完全にそう言っていた。暴走する獣のようだ。

これが本当にさっきまで紳士的だった祐介だろうか。完全に女性を性処理の奴隷のように扱おうとするその邪気に、オレは恐怖すら覚えた。

《アキラさん、お願いこの男からアタシを守って頂戴!!》
しかし、そんなカラダの声にオレは冷静さを取り戻した。
「(そうや。オレがリョウコのカラダを守らな!)」
どの口が言うだけど、さっきまでの性欲や好奇心の代わりに、正義感が全身を駆け巡った。

「ねえ、祐介さん。お願い。雰囲気を壊すようで、申し訳ないんだけど……

いっぱい祐介さんを気持ち良くしてあげたいから、シャワーだけ浴びてくれない？

ワタシ、潔癖な所があって……。

カラダを綺麗にしてくれたら、きっともっと凄いことができるから」


攻めてくる敵に抗っても、敵はさらに攻める勢いを強めるに違いない。そう思ったオレは、「止めた後にはごちそうがある」と言わんばかりにして、祐介から一旦離れることに成功するのだった。

案の定、祐介は、「そ、そんなに凄いことが。愛ちゃん、見かけによらず大胆だね。じゃあ、浴びてくるから大人しく待っているんだよ」とシャワー室へ。獣をまくのに成功した。

こんな男にリョウコのカラダをオモチャにされるのはまっぴらゴメンだ。

祐介がシャワーを浴びている間に、急いで身支度をして、シャワーの音がけたたましく鳴り響く戦地のような部屋を後にした。

「運転手さん新宿駅の東口までお願いします！」

タクシーの運転手にそう伝えて、ようやく逃亡劇の成功を確信した。

恐怖から解放された安堵感と性欲に負けて馬鹿な選択をしようとした自分に対する憤りからかオレの目からは涙が溢れていた。

「ごめんな。オレは男やから男の性欲のことは女より分かっているはずや。それやのに、大事な大事な妻のカラダをもう少しで傷モノにしてしまう所やった」

《アキラさん、アキラさんはあの男のどこが良かったわけ？　ワタシ、実はずっとあの男に違和感を感じていたのよ。アキラさんがあの男を選ぶ視点に》

「えっ⁉　違和感？　ずっと話しかけてこなかったのはその違和感を伝えようとしてくれてたってことか？」

《ええ。ワタシはアキラさんがアタシのことを愛してくれようとしてる想いを信じていた。だから今日はアキラさんに任そうって思ってたの。

アキラさんが選んだ男ならって。
アキラさんはどこかで、収入や社会的ステータスこそが男の魅力と勘違いしてるんじゃない？　だからあんな男の話す言葉のひとつひとつを過大評価してしまった》

何も言い返せへんかった。

《ああいう男はね、ああやって完璧に「良い人」であったり、「出来る人」であったり、「尊敬される人」であったり。要は偽りの自分を演じるのが得意なのよ。
偽りの自分を演じて他人から評価を得ては、裏で女性をその努力で溜まったストレスを解消するはけ口にする》

ホテルで起きた悍ましい数分間の出来事を思い返して、オレはそのことに強く納得した。

「ほんまにゴメンな。怖い思いをさせてしまったよな。

オレは何も分かってへんかった」

《アキラさんだけが悪いわけじゃないわ。

で、どうだった？　女としてチヤホヤされる経験は》

「う、うん。最初は気持ち良かった。でも、祐介という男と対峙して、なんだか相手は結局、人間としてオレを見てくれてないんやなってことが分かった。

結局、自分の欲望を満たしてくれる都合の良い人間でしかないっていうか」

《そういうこと。【女らしさ】を味わう体験をすれば、ほんの一瞬の興奮的な幸せはあるかもしれない。でも、そんな幸せはほんの一瞬なのよ。

実は、今までリョウコがアキラさんに要求してたのは、まさにそれなのよ。

【女らしさ】を味わうためのセックス。

男性に性欲を向けられることでその実感を味わって、でも、一瞬しか続かない幸せに、もっとくれ！　もっとくれ！　ってもがいてたのよ》

「だから、オレはその思いをどこかで気づいて、しんどいって思ってた」

《ご名答。「男である」「女である」という性別の意識が、その前に人間である自分たちの幸せを邪魔していた。男らしい男でないと幸せになれない！　女らしい女でないと幸せになれない！　ってね。その気持ちが、どんどん相手に強迫観念を植え付け、セックスレスになっていくの』
「うわあ、まさにオレのことや、それ。オレはオレで、男でないといけないって思ってた。そういう意味で、オレら夫婦は似たもの同士ってことなんやな……」

この時、オレは母親に浮気をされて出て行かれた父親の姿を思い出していた。

オレの親父は大阪の片田舎で小さな中古車店を経営していた。誰よりも家族思いで、オレらのために熱心に商売に打ち込んでいた。

しかし、そんな親父の思いは虚しく、残念ながら母親には愛されていなかったのだ。

父親が父親として頑張れば頑張るほど、不思議と母親の気持ちは外に向いてしまう。

そんな悲しいすれ違いをオレは思春期の頃に間近で見ていた。

親父よりも経済力のある愛人を作って出て行った元々水商売あがりの母親を、オレは恨んだ。

でも親父は母親を恨まへんかった。

「あいつは悪くない。オレの男としての頑張りが足りなかっただけや」

そう親父はオレに言った。

男らしい男じゃないと、幸せになる資格がない。

女になりきれない女は、価値がない。

そんな思い込みをオレの親父もしていたのだ。


遺伝子というのか、家族の呪いというのか、その思い込みはオレにも引き継がれた。

オレはオレなりに、その思い込みに抵抗をしたつもりではいた。

「結婚をするなら、経済力でオレを選ばない女性がいい」

そう思って収入にも職歴にもそんなに差がないリョウコをパートナーに選んだ。

リョウコは結婚してからも一度も収入や働き方でオレに不満を言ったことはなかった。そんな不満を言わないリョウコにオレは安心をしていた。

やけど、ここで呪いの力が吹き出してしまうのだ。

ココロのどこかでは同じ職場で同じ仕事をしていたリョウコに「男として尊敬されているのか？」と不安を抱いていたのである。

その心配が思わぬカタチで炙り出されたのが性の不一致やったのかも知れない。

リョウコにセックスの要求をされる度にココロのどこかで、〝経済的に満足させてくれないんだったら、せめてセックスぐらいワタシを満足させなさいよ〟と、そう言われているように感じてしまっていた気がする。

リョウコはそんなことは一言も言ってへんのに。


オレは自分が〝妻だけＥＤ〟になってしまっていた精神的な原因がようやく理解できた気がした。

男らしい男じゃないと、幸せになる資格がない。

女になりきれない女は、価値がない。

そんな思い込みの中で色んな人が苦しんでいる。リョウコも、オレも。

そのことに気づいたオレの目からは、さらなる勢いで涙が溢れ出るのだった。


「お、お姉さん大丈夫ですか？」

泣いてるオレの様子を見てタクシーの運転手さんが声をかけてくれた。

しかしそんな声すら、男の表向きの優しさに感じたオレは、逃げるようにタクシーを降りるのだった。やりきれない気持ちでいっぱいになったオレ。ところが家に帰ると、オレの姿をしたリョウコが玄関まで出迎えてくれた。


「ちょっとあなた!! 映画を観に行っただけじゃないの!? なんでこんなに遅くなるのよ！」


時計を見ると、すっかり日を跨いでいることが分かった。

しかし、オレとしてこれまで頑張ってくれていたオレのカラダを目にしたオレは、とてつもない安心感で包まれた。

今は、オレが愛おしい。

男らしいから好きとか、収入が多いから好きとか、そんなこと、今はどうでもいい。

存在自体が愛くるしい。

《存在することそのものに安心していいのよ。自分を愛することに条件なんていらない》
《無理せんかてええんやで。お前は頑張ってる。大丈夫やで、そのままで充分やで》

いつもカラダはそうやってオレたちに優しく語りかけてくれていたのかもしれない。


「リョウコ、キスしてええか?」

「なんでそんなこと、イチイチ聞くのよ? もちろん良いわよ。でもお願いがあるの。〝アキラ、大好きだよ〟って言ってキスして欲しいの。今はねそのほうがきっと気持ちが繋がるから。ちゃんとリョウコになりきって」

「なんやねん、それ。恥っず。

でも、あんなにも入れ替わりを否定したリョウコが、そんなこと言うやなんて、意外やな」

「ワタシも随分、アキラのカラダと意思疎通が取れてきたってことよ。それに、きっとそのほうが関西弁のカラダさんも喜ぶわ。自分から自分のことが大好きって言われたら嬉しいに決まってる。

そうよねっ!?」

《リョウコちゃん流石や、まぁなんか照れ臭いけどな。

自分にちゃんと名前呼んでもろてキスされたら誰でも嬉しいんとちゃうか!?》

「大好きだよ、アキラ」

そう言ってオレは、オレの姿をしたリョウコと久しぶりにキスをした。


「じゃあ今度はワタシも。

大好きだよ、リョウコ」

リョウコも自分のカラダとの今までのわだかまりを解くかのように想いの籠ったキスをした。

リョウコのカラダはリョウコの成長に感動しているようだった。

それを証拠にオレの意に反するようにふいても、ふいても涙は止まらなかった。これはきっと、リョウコのカラダが流した嬉し涙や。

オレたち夫婦は、カラダが入れ替わったことで、今まで見落としていたとても大事なモノを取り戻そうとしている。

オレはそう実感していた。

しかし元通りになるには、まだまだオレたちは青かった。

DAY 33

元に戻るための虚しいセックス

「あ……もぅダメ。イッちゃう」

「えっ!?　はや!!」

「だってぇ、もう無理ぃ、無理ぃ。あぁぁぁぁ」

ワタシの必死の抵抗も虚しく、今日も不本意なタイミングで射精をしてしまった。

ワタシたち夫婦はここ最近2日に1回はセックスをするようになっていた。

しかし、カラダは入れ替わったまま。それはカラダが満足する、ひとつになるセックスができていないことを意味していた。

アキラを満足させるよりも前に、イッてしまうのだ。

今日で入れ替わってから早くも6回目のセックス。それなのに、今日もアキラが充分に気持ち良くなる前に射精をしてしまった。


でもそのことにアキラは一切文句は言わなかった。

なぜならこれにはアキラにも原因があったから。


アキラは元々早漏だった。


ワタシがワタシのカラダにアキラとして挿入してから射精をするまで、その時間ものの1分。回を重ねたら射精をコントロールする感覚が身につくものだと思っていた。だけど、一向に早漏が改善されることはなかった。

雑誌ａｎａｎにて日本人女性１０７０人を対象に行われたアンケートによるとだ。

男性が挿入している時間は5～10分が最も多く、それ以下を合わせると半数以上の男性が10分以内に射精に達しているという結果が出ている。

また、雑誌sabraにて行われた日本人女性1000人によるアンケートでは、女性が希望する挿入時間の平均は15．7分という結果が出ている。

つまり、ざっと見積もって半数以上の女性が、パートナーの挿入時間に納得していないことになる。

どうやらワタシのカラダもまた、そのうちのひとりのようだ。

ただワタシの中にはひとつの疑問が残った。

あずさとのセックスの時は充分に挿入していられたという事実があることだ。

恐らくそれはカラダが入れ替わる前にアキラも体感していただろうこと。

なぜあずさとのセックスの最中はすぐに射精をせずに繋がっていられたのだろう？

その答え合わせをワタシはアキラとしたかったけれども、そんなこと言えるはずがない。そう、勝手にあずさに会いに行って、しかもうっかりセックスをしてしまったなんてことを！

どうすれば挿入時間を伸ばすことができるのだろうか？
その答えが掴めないワタシは世の中の早漏男性が感じているだろう、不甲斐なさのようなものを例外なく感じ始めていた。

「なあ、リョウコ。カラダが入れ替わる前のセックスで、オレに対して〝えっ!?　嘘!?　もうイッちゃうの!?〟って感じたことってある？」
リョウコの顔をしたアキラがワタシに聞く。

「えっ!?　ワタシ、そんなの感じたことなかった。むしろどのタイミングであっても、〝あぁ今日もちゃんとイってくれた〟って嬉しかった」
アキラの顔をしたワタシが答える。

ワタシは元々、「アキラが満足してくれているかどうか」がセックスの価値だと思っていた。

セックスの中で感じてくれている性的興奮、性的快楽が自分への愛になって返ってくる。

だからアキラにとって満足できるセックスをすることが、ワタシたち夫婦が円満な関係でいるためには不可欠なことであると信じていたのだ。

そのため、例えアキラが挿入して1分で射精しようともそれを不満に思ったことはなかった。

〝それだけワタシとのセックスが気持ち良いと感じてくれている〟

ワタシはそう解釈していたのだ。しかし、アキラは、ワタシが早漏なことに、どうやら全く違う解釈をしていたようだ。

「リョウコは、オレが早漏なのを、そんな風に解釈してくれてたんやな。そう思うと頭が下がるわ。

ほんの数回やけど、挿れられて、充分に気持ち良くならないままに先に出されるだけのセックスを味わってさ。

なんていうか、こんなことをオレが言うのはおかしいんやけどさ。『男って愚かな生き物やな』って感じてしまってん。〝射精したい〟って欲には勝てへん男がさ。ほら特に今、オレはオレの姿と直面してるからさ。余計にそう感じちゃうねん。なんか自己嫌悪っていうかなんていうか。

でも良かったよ。リョウコが嫌な思いをしてなくて」

「えっ!? そんなこと言わないでよ。

ワタシ、別に射精がしたくてアナタとセックスしてるんじゃないよ」

「ああ、もちろんそんなことは分かってる。

でもこれ以上、『元に戻るためのセックス』を続けても良い方向にいかない気がするねん」

「そ、そんな……。せっかく久しぶりに夫婦にセックスのある生活が戻ってきたと思ってたのに……。

これじゃあ、またセックスレス街道まっしぐらじゃない！ しかも、今度はカラダが入れ替わってるっていうおまけ付き！ キツ！

どうすれば、どうすればいいと思う？」

「うーん、そやな。まずは、お互いのカラダとそれぞれ向き合うしかないかもな」

ココロのどこかでは気づいていたことを言い当てられ、ワタシはそんなアキラの言葉に何も言い返せなかった。

雲行きが悪くなったワタシたち夫婦の未来をどうにかするため、ワタシは泣く泣くひとりの女性の所へと向かった。

あずさだ。

彼女なら、どうすればお互いが絶頂を迎えるまで挿入していられるかを知っているはず。そう思ったのである。

その日は思い切って、新宿のバリアンというホテルで直接待ち合わせをすることにした。


「アキラ君が急にワタシを呼び出すなんて珍しいわね。どうしたの？」

「急にゴメンな。今日はあずさに相談せなあかんことがあってん。

ウチの奥さんの話なんやけどな……」

「奥さんがどうしたの？　ひょっとしてワタシと浮気してることがバレちゃった？」

「そしたら、こんなところを待ち合わせ場所にするわけないやん！」

そうツッコミを入れたと同時に、ココロの中で「いや、もうとっくにバレてるんだけどな」と自分に対してもツッコんだ。


「ほら、ウチの夫婦セックスレスやったやろ？　それだとあずさとの関係が余計に疑われると思ってさ。久しぶりにしたねん。奥さんとセックス」

「あらぁ、いいことじゃない。あんなに奥さんとだけはヤレないって言ってた癖に。で、どうだったの奥さんとのセックスは？」

「それが久しぶりに奥さんとしたら……、また昔みたいに早漏に戻ってた」

あずさに異変が起きたのは、そう言った次の瞬間である。


「ひゃひゃひゃひゃひゃひゃぁーーー!!!

止めて、お腹痛い!!!

面白過ぎてお腹が痛いわよ。

ひゃひゃひゃひゃひゃあーー!!!」

何をそんなに笑っているのだろうか？　ワタシは全く、その意味が分からなかった。


「なんで笑うねん！　人が本気で相談してるのに！」

「だって面白過ぎるんだもん。あんだけ早漏を改善するためのプライベートレッスンをしてあげたっていうのに、また振り出しに戻るとかあるの??

どうしたの？　アキラ君、記憶喪失にでもなった？　てか、なんとなく雰囲気も別人みたいだし」

「そ、そんなことないわ！

記憶はしっかりとあるし、別人でもない！

それにこの間だって、あずさとした時は普通にできてたやん！」

「ひゃひゃひゃひゃひゃぁーーー!!!

止めて、お腹痛い!!!

面白過ぎてお腹が痛いわよ。

ひゃひゃひゃひゃひゃひゃひゃあーー!!!」

デジャブでも見ているかのように、あずさが再び大爆笑を起こした。またもや、一体何がそこまで面白いのか、全く理解ができなかった。

「どうしたねん、あずさ。そんなに笑って！　何がおもろいねん」

「だって、だって、『この間は普通にできてた』って。普通にはできてないから！　この間は、ワタシにされるがままのセックスだった。全部ワタシがコントロールしてただけじゃない。

えっ!?　まさか自分がセックスが上手くなったとでも錯覚したの？

あり得ないでしょ」

あずさのその言葉に、ワタシは先日の情事のことを思い返していた。

特に挿入した場面を。

ワタシの脳裏には、あずさだけが動く映像が浮かんだ。

……確かに、ワタシは、1ミリも動いていない！

「な、なあ、あずさ。あずさはひょっとして、体位や腰の動きだけで男性の射精をコントロールできんのか？」

「アキラ君、やっぱり別人よ。あなたはアキラであって、アキラじゃない。ホントに全部忘れちゃったの？　アキラ君とワタシが初めてセックスをした日のことを」


あずさの言葉の後、突然アキラのカラダが口を開いた。

《不味い!!　あずさちゃん!!　頼む、それだけはアキラの、いや、ワシの名誉にかけて言わんといてくれ！》

「(何よ。なんでよりによってこのタイミングで話しかけてくるのよ!!　あんたの声があずさに届くわけないでしょ！

それより何をそんなに焦ってるわけ？)」

久々にカラダとのおしゃべりが始まった。

《いやぁ…それはやな。リョウコちゃんには絶対に知られたくないことなんや!!》

「あんな醜態さらしといてよく忘れられるわね。アキラ君、アナタはワタシと初めてセックスをした、その日にね……」

焦るカラダではあったが、聞こえていないのだから止めようがない。

《ちょっと待ってくれ!! アカン!! それ以上は言うたら……

アカーーーン!!》

一体、その日、アキラに何があったというのだろうか。ここまできたら、ワタシも聞かずに帰るわけにはいかない。ドラマの最終回を待つような気持ちで、次のあずさの言葉を待った。

「ワタシの太ももにアソコが擦れただけでイッちゃったのよ。

おまけにそのせいでアキラ君ったら、バツが悪そうにするもんだからさ。そんなあなたに言っちゃったのよ。

〝人のカラダでオナニーしてんじゃねぇぞ！〟って。

そしたらアキラ君、あまりのショックに泣き出しちゃってさ。

ワタシはそんなアキラ君を見て、ビックリした。

だけど、可愛いなって思ったのよ。この人、ずっと早漏で女性を満足させられないことを気にして生きてきたんだなって。それからよ。ワタシが色々と教えてあげるようになったのは。

それでようやく、自分専用ディルド（ペニスのカタチをした大人のおもちゃ）ぐらいのレベルにはなれたんじゃない」

『ディルドやて……。もうアカン!!　ワシ恥ずかしゅうてもうここおられへんわ!!　あ、穴があったら入りたい』

引き続き、この世の終わりとでも言うように、恥ずかしがるアキラのカラダ。

ワタシは、アキラのカラダがなぜそんなにも恥ずかしがっているのかがイマイチ分からなかった。

「あれだけ教えたのに、どうして!?　奥さんとする時、もしかして、ま～た腰振ってオチンチンを擦りつけちゃったんじゃないの？　女性のカラダはオナホールじゃないんだぞ、アキラ君。忘れちゃったなら、お姉さんがもう1回イチから教えてあげなきゃね」

あずさの言葉にギクッとした。確かに挿れると同時に、腰を振ってはすぐにイクを繰り返していたここ最近だったから。というか、セックスって腰を振ることじゃないのか？　と、そんなことすら思っていた。

これはもうあずさに、助けを乞うしかなさそうだ。

そう思ったワタシは、できる限りのキラキラした目であずさを見つめた。

「……もう、アキラ君ってホントに素直で可愛い。そんなんだから何度でも教えたくなっちゃうのよ。

じゃあとりあえずズボンとパンツを脱いで貰っても良いかしら？」

パブロフの犬にでもなったように、ワタシはあずさの言う通りの姿になった。

「じゃあアキラ君、次は、自分で自分のオチンチンが大きくなるように触ってごらんなさい」

あずさに言われるがままに、ワタシは初めてカラダが入れ替わったその日に自分なりに見つけた気持ち良い触り方を彼女の前で実践した。

つまり、亀頭の根元のヒダの部分に人差し指と親指を当て、擦ったのだ。

《リョウコちゃん、そうや!! そこや!! 今日も最高に気持ちえぇでぇ》

予定通りアキラのカラダも喜び始めた、次の瞬間だった。

「おんどれーーい! やめぇーーーーい!!」

あずさの大きな声が部屋中に響いた。

「えっ、どうして?」

カラダも喜んでいるからこれで間違いないはず。何がいけないと言うのだろうか。

「アキラ君、それよ、それ。擦って気持ち良くする癖をつけたらダメ！

擦って気持ち良くするのはね、性の気を抜く行為なの。

よく男の人が射精することを〝抜く〟って言うじゃない。

あれってまさに言葉の通りで、射精することでね、カラダに溜まったストレスや邪気を抜くって意味があるの。

でも、性行為は邪気を抜くことだと思っているカラダは、どうしても早漏になっちゃうのよ。だって溜まっているのが悪い気なんだとしたら、早く抜けるカラダのほうが遅く抜けるカラダより優秀でしょ？

でもね、性の気ってね。抜く以外にもちゃんとした正しい動かし方があるのよ」

さすがヨガを嗜む彼女の言葉だ。分かりやすく、そして、納得感も凄かった。


「え？　正しい動かし方？」

「そう、正しい動かし方はね……」

そう言うと、あずさはワタシのペニスを包み込むように優しく握った。

そして優しく包み込んだその手を、あずさはしばらく動かさずに静止させた。

するとワタシのペニスは、あずさの手の平から出ている微力な気のようなものを感じた。

それは、優しくて、温かくて、穏やかな、不思議な感覚。あずさのその手の平の気に反応するかのようにワタシのペニスが少しずつ少しずつ膨張していく。


「ほら、性の気が巡り始めたわね」

言葉の意味は分からなかったけど、確かに、エネルギーがペニスから全身に駆け巡っていくのが分かる。

ペニスの硬さと熱さもいつもより明らかに、向上している。

「じゃあ、少し動かすわよ」

そう言うとあずさは、ワタシのペニスを包み込んでいる手を軽く握っては緩め、握っては緩めを繰り返し始めた。まるでカラダに気を巡らすポンプのように。

キュッ、キュッ、キュッと握っては緩めを繰り返している。

そのポンプのような動きに合わせて、ペニスに帯びる硬さと熱はさらに上昇していく。まるで熱されて打たれてる鉄のようだ。

「どう？　アキラ君、思い出した？

オチンチンを擦って摩擦の刺激を与える〝抜くエネルギー〟と、オチンチンを包み込むように握って与える〝巡らすエネルギー〟の違いを。

全然違うでしょ？　カラダから性の気を抜き出すための刺激とカラダに性の気を巡らせるための刺激は。

この間のセックスは、今こうやって手で伝えた〝巡らすための刺激〟を膣でやっただけよ。だから騎乗位の状態でアキラ君に跨ってからは、しばらく腰を動かさなかったでしょ⁉

アレがとても大事なポイントなのよ。

アキラ君のアソコが摩擦による〝抜くエネルギー〟に意識が向かないように、膣で
アキラ君のアソコを包み込んでいたってわけ。

手であっても膣であっても基本は同じ。早漏の男性の多くは〝抜くエネルギー〟に慣れていたり中毒になっているのよ。アキラ君のカラダは典型的よね」

あずさ恐るべし。そして、アキラのカラダでそのことを実感することで、ワタシの

アキラのカラダに対する理解度は、すさまじいものがあった。女性の時とは雲泥の差である。

『リョウコちゃんゴメンやで、そういうコッチャ。ホンマはワシが君のサポートをせなあかんのに、ついつい抜いて欲しいって欲求が出てしもて。堪忍やで！』

なるほど。アキラのカラダ自体が「抜くエネルギー」の中毒になってしまっていたのか……。

でもあの射精の時に感じる、稲妻に打たれたような強烈な快楽に対し、中毒になってしまうのは仕方がないようにも思えた。

あずさ先生のレクチャーは続く。

「でもね、かといって精子をただ出さずに溜めれば良いってものでもないの。

自分のやりたいことをしていなかったり、

自分のホントに好きな人としていなかったり、

自分に我慢ばかりを課していたり、

自分が義務に感じている役割を引き受けていたり、

そういう生き方を選択してる男性が、逆に精子なんて溜めちゃったらとんでもないことになるの」

「えっ⁉　溜めちゃいけない精子がある⁉　どういうことやねん、それ」

「カラダにストレスや邪気が溜まってしまって、病気になったり、無気力になったり弊害が起きてしまうわ。

だから射精中毒を卒業するために大事なのは、生き方を変えていくことなの。

言い方を変えると、睾丸に溜める気を変えるってことよ」

「溜める気を変える？」

「そう、溜める気を変えるためには、自分に正直に生きること。

自分のやりたいことをして生きること。

自分の本当に好きな人と一緒に生きること。

そうすればどんどん溜め込む気は良くなっていくし気の巡りが良くなっていくのよ。

もちろんそんな男性に触れられた女性は、ちゃんとエネルギーとして感じるはず。

気持ち良いって。

そういうわけで、アキラ君とのセックスは最初は全然、気持ち良くなかった。

でも初めてセックスした時に、同じ話をしたらアキラ君はこう言ったのよ。

〝よし決めた！　オレは自分に嘘をつくのを止める！〟ってね。

そのためにワタシと付き合うことにしたって言ってたじゃない。そう、誤魔化しが利かないワタシと」

「そ、そうやったな。この話聞くのも、確かに2回目やわ。そんな大事なこと忘れるなんて、オレ、どうかしてるわ。ほんまに別人になってしもたんかも。えへへ」


アキラはそれまで、どんな嘘をつきながら生きていたのだろう？

アキラはそれまで、どんな我慢をしながら生きていたのだろう？

もしワタシとの結婚生活そのものがそれに当たっていたら……。そう思うと、いてもたってもいられず、ワタシはあずさにさらに助けを乞うた。


「それにしてもあずさってほんま、男のカラダに詳しいねんな。どこでそんなことを覚えたん？」

「今話していることはタオ性科学っていう気学的な分野のお話。

男女のカラダのエネルギーの本質を知れば知るほど人って深く繋がれるものよ。タオ性科学では、男性が性の気の源である精子を射精のほうに向けずに蓄え、そして巡らせられるようになることこそ重要なこととされているわ。男女のカラダのエネルギー格差を埋める最大の鍵になるの。

男性のカラダと、女性のカラダではそもそも性のエネルギーのポテンシャルが全然違ってね。

女性のカラダのエネルギーのほうが圧倒的に強いのよ。命を宿して生み出す機能を兼ね備えてるんだから当たり前と言えば、当たり前なんだけどね。

だからアキラ君、ホントの意味で射精中毒を卒業しないと、いつか奥さんに浮気されちゃうぞ⁉」

「えっ⁉　浮気⁉」

「そうよ。カラダは本来満たされる感覚を知っているし、その感覚を味わいたいという欲求があるのよ。

だからパートナーにそれが期待できないと分かると、カラダはなんとかその感覚を味わわせてくれるカラダを探そうとする」

「ん？　本来、満たされる感覚を知ってる？」

「だってみんな生まれて来るまではお母さんのお腹の中にいて、お母さんと一心同体だったでしょ？　それは男も女も同じ。悪人も善人も同じ。優秀な人もそうでない人も同じ。

満たされる感覚って言い換えると、お母さんとひとつだった時の感覚なのよ」

その言葉を聞いて、ワタシはこの間のあずさとのセックス後に味わった不思議な感覚を思い出していた。

確かに射精をするのは気持ちが良い。だけど、それだけじゃない。あずさとするセックスにはそんな気持ち良さをはるかに超えた不思議な快楽があった。

温かくて、やわらかくて、優しくて。

あれが、セックスでひとつになる感覚なのだろうか。あれがセックスで繋がる感覚なのだろうか。

「アキラ君も、どうせ奥さんとセックスするなら最高のセックスができるようになるといいわね」

「う、うん。でもさ、あずさ。あずさは、オレが奥さんとセックスするのは嫌じゃないの？」

「ふふ。面白いことを聞くわね。

もちろんアキラ君のことは大好きよ。

でももうワタシの中にそういう感情はないかな。

1人でも多くの人が、最高のセックスによって、ひとつになる感覚を味わえれば、それって最高！　って思うの。例えそれが自分の好きな人の奥さんでも。

ワタシがこうやってアキラ君にセックスを教えて、アキラ君が奥さんと最高のセックスをする。その結果、奥さんも幸せになる。

それはワタシにとっても最高のことなのよ。決して綺麗事じゃなくてね」

「あずさってほんまに不思議な女性やな。世の中の男女がみんなそんな考え方やったらきっと平和やろな。

少なくともウチの奥さんは絶対にそんな風には考えられへんと思う。

今日のことだって、いくら奥さんのためだって話しても分かってもらえへんやろし」

自然な会話を取り繕うため、そうは言ったものの、この時、実際のところあずさの逸脱した価値観や自由な在り方に人としての魅力を感じていた。

「それはどうかな。ワタシみたいなのばっかりだったらそれはそれで大変だよ。だって普通の男女はお互いに制約を与え合うことで愛情を確かめ合うじゃない？　意外に男でもこの関係に納得してくれる人っていないのよ。最初は男なんてやりたいだけ、射精したいだけだからそういう関係は大歓迎って口では言うんだけどね。結局セックスが良かったら、相手に依存するのは男も女も同じ。他に男は作らないで欲しいってなっちゃうのよね。

もしくは、他に男がいても良いけど、自分が一番かどうか確かめてきたりね。

ホントに大変なんだから。

ワタシは誰も束縛しない代わりに、誰からも束縛を受けない。

それはこれからも変わらないわ。

それで良いのよね？　アキラ君」

アキラならこの質問に、どう答えるのだろうか。しばらく何も言えなかった。

結局、「あぁ、もちろん。これからもお互い束縛し合うことなく自由でいようや」と当たり障りのない答えを返すのでいっぱいいっぱいだった。

そう答えながらも、あずさという存在は改めて自分にとって脅威であるとワタシは感じていた。

男との関係に執着するわけでもなく、男との関係に多くを求めるわけでもない。

会いたい時にお互い会って、好きなようにその時間を楽しむ。

どこにも別れる理由が見当たらない。もし理由があるとしたら飽きることぐらいだろう。

ただそれも考えづらい。だって、それはあずさとのセックスをした後なら分かる。あんなの飽きるわけがない。

カラダが戻ってからも、もしアキラがあずさに会いたいという気持ちが冷めなかったらどうしよう？　ワタシはそんなことをちょっぴり心配した。

しかし、そんなことは今、考えても仕方がない。

だって、元に戻れる確証はどこにもないのだから。

今は、あずさから盗めるものは盗むしかないのだ。


ホテルからの帰り道。沈黙を続けていたアキラのカラダがワタシに話しかけてきた。

《リョウコちゃんワシな、君に謝らなアカンことがあんねん》

「何よいきなり改まってさ」

《実はワシ、アキラとリョウコちゃんが入れ替わったあの日の夜な、シャワーを浴びながら、ずっとアキラに言うとってん。

「もう無理して嫁ハン抱こうとせんかてええ」って》

「何よ!?　それちょっとどういう意味よ。説明しなさいよ」

《説明するもなんもそのまんまや！　ワシらが好きなのはあずさちゃんやのに、アキラは無理してリョウコちゃんのことを好きでおろうとしとったからな。

「もうええ加減それ止めな、射精中毒から抜けれへんで」って。

でもアイツも中々の石頭で、なんとかリョウコちゃんと良い夫婦でおらな！　なんとかセックスせな！　って言うこと聞かんくてな』

ワタシの心配事は見事に的中していた。アキラにとってワタシとの関係は責任や義務に基づいたものになってしまっていたのだ。

『今回リョウコちゃんのカラダから入れ替わりを打診された時も一番の狙いは、あずさちゃんと会わすことやってん。

あずさちゃんとのセックスを体験したらひょっとしたらリョウコちゃんも変わってくれるかもって思うてな』

「その目論見にワタシはまんまとハマったわけね。

でもひとつだけ腑に落ちないことがあったの。あずささんに今日教わったことを覚えていたなら、どうしてそれを教えてくれなかったの？」

『それはリョウコちゃんに、アキラが悩んどったことも知って欲しかったからや。

リョウコちゃんはイケへん自分ばっかりがセックスのことで悩んどるって勘違いしとったやろ？

アイツはアイツで自分が早漏ってことに悩んどったし、リョウコちゃんがイケへんのは自分に原因があると思っとったんやで』

「えーー！　でもでも、アキラにも言ったけど、ワタシはホントにすぐイクことを不満に思ったことなんて一度もないんだから。それにイケないことだって、そこまで問題ではなかったし」

『それはリョウコちゃんの意見やろ？　でもリョウコちゃんのカラダは違う意見やったで。もうワシらが射精する度に舌打ちしまくっとったがな。

「もうイッちゃうの⁉」って。

しかもリョウコちゃんが、「射精してくれた」なんて認識をしてしもとる分、リョウコちゃんのカラダはカンカンやったんやで。

アキラだって、ハッキリと気づいとったわけではないけど、リョウコちゃんのカラダが満足してないことは分かっとったはずや。

頭は満足でも、カラダは不満なんてのはよくあることや。

その矛盾の中でセックスを求められると、その度にその要求が自分に対する不満や不足感からきてるものやって感じてしもて応える側は苦しいんや。

今回のことでちょっとはリョウコちゃんにも分かって貰えたんと違うかなって思てるんやけどな』

「もうそれで言うなら嫌と言うほど分かったわ。もちろんあずささんのおかげでだけどね。

もし元に戻れたとしたらバレるわよね絶対。あずささんと会ってセックスしてたってこと。

それをアキラはどう思うんだろう？」

『まぁ、もし元に戻れる時が来るとしたらリョウコちゃんが、その状況を大丈夫って信頼できるようになってからやろな。

色んなことを乗り越えた2人なら多少は許し合える。そう信じることも元に戻るためには大事なポイントやで。

自分にとって不都合な未来のイメージがあると今度はそれが原因で大事なものが硬くならんなんてこともあるからな。

頭の中だけでも元に戻ってからの2人の幸せな姿をイメージしとくんや』

「そうね。不都合な未来のイメージもきっとまた邪気を溜める原因になって、摩擦中毒に逆戻りってか。

また太ももで擦っただけで射精ですか、カラダさん」

『もうからかわんといてやリョウコちゃん、それは酷いってぇーー』

射精中毒のことを恥ずかしがるアキラのカラダは、まるで中学生の男の子のようで可愛いかった。

あずさに頼りっぱなしではなく、この関西弁の中学生男子を成熟した大人の男に育てるのはワタシに課せられた大きな使命なのかも知れない。

ワタシはそう感じていた。

しかし、一方のアキラはどうやら全然別のことを考え始めていたようだ。

DAY 44

セックスが上手い男とのセックス

「どうしたんですか？　最近、ママさん元気ないですね」

そう声をかけてくれたのは長男の未来と同じ幼稚園に通う陸斗君のパパ。

「陸斗君パパ、いつもお気遣いいただいてありがとうございます。最近夏バテで食欲が湧かなくて」

「そうですよね。9月にもなってこんなに暑い日が続くと疲れが溜まりますよね。未来君ママは、確かご主人の仕事も手伝いながら家事に子育てにされてるんですよね？

本当に頭が下がります。それに比べてオレなんて、男の癖に主婦業だけしてるんだからお恥ずかしい限りです」

「そんなことないですよ。起業して忙しい奥さんのために会社を辞めて専業主夫になったんですもんね？（…と、リョウコが言ってたっけ）家族のために勇気のある判断をされたと思います。陸斗君パパは素晴らしいです！」

なんのお世辞でもなく、オレは本気でそう思っていた。だって、オレなら男のプライドが邪魔して、そんな選択はきっとできへんから。

そもそも、陸斗君パパに心配された「元気のない理由」なのだが、それは夏バテでもなんでもなかった。

〝とにかく射精をしたい〟。そんな自分勝手な性欲を向けられることへの嫌悪感が、日に日に自分の中で大きく膨らんでいたのだ。

ほんの少し前までは、「男に性欲を向けられる感覚を体験してみたい！」なんてワクワクしていたのに……。

ひと月も経たないうちに、オレはその男の性欲というものに強く絶望を感じてしまっていた。そのせいもあって、男性の頃は、バレンタインのチョコレート工場のようにひっきりなしにやってきていた欲望まみれの性欲は、今はもうすっかり空っぽになっていた。

このままだと本当に元に戻れないまま90日が過ぎてしまう。

もしこのまま元に戻れなかったとしたら、〝セックスが嫌いな女〟として生きていくことになる。

そんなことを想像すると、不安な気持ちや悲しい気持ちでいっぱいになった。

誰かにこのことを打ち明けたい。神さまとはイタズラな奴や。そんな時に甘いささやきが聞こえてきたのだから。

「未来君ママ、さっきは夏バテっておっしゃってましたが本当は何か悩んでることがあるんじゃないですか？　ボソボソと独り言をおっしゃっているみたいだし……。

オレで良かったら話、聞きますよ」

もう誰でもいいから愚痴りたい。そう思っていた時に、その〝誰か〟が目の前にいる。しかも、誰でもどころか、誠実に聞いてくれそうなお方が……。

しかし、こんな性の悩み、パパ友に打ち明けるなんて、どう考えてもおかしい。

オレはそう思い、「いえ、大丈夫です」と言いかけた。言いかけたのだが、相手は自分よりも上手やった。

「やっぱり何かで悩んでいるんですね。オレ、根掘り葉掘り詮索したりしませんよ。それにもしご主人とのことでお悩みなら、ご主人と同じ男としての視点で話せるポイントもあるかも知れませんし。

少し近くでお茶でもして帰りませんか？」

……。


気がつくとオレは、カフェの席についていた。

自分の悩みはともかく、オレは〝男として〟陸斗君パパに対して聞いてみたいことがあった。

「陸斗君パパは大手メーカーを辞めて、専業主夫になったのを後悔されたことってないんですか？」

「後悔したことなんてないですよ。育児も家事も毎日楽しんでやってますからね。オレ多分、元々社会の競争の中にいるの向いてないタイプだったんです。それなのに世間体を考えて全然向かない会社に就職しちゃって。だからこれで良かったんです。

贅沢を言うと、妻から認められたり、感謝されたりしていたら、もっと幸せなんだろうけど、オレは妻に感謝してるんでいつか同じ気持ちになってくれるって信じてるんです」

「えっ!? 陸斗君パパは奥さんに感謝されてないんですか?」

「そんなもんだと思いますよ。最初は妻も仕事に夢中だったからオレが仕事辞めてサポートするって言ったら喜んでたし感謝もしてくれました。

でも、時間が経てば変わるもんです。

特に妻の事業が拡大していって周りが成功した人間ばっかりになってからはどこかオレのことを馬鹿にしたような目で見てるのを感じて」

「えーー! そんなあ!」

「どんなに縁の下のチカラ持ちをしても、女性は自分より優秀な男を求めるんじゃないですかね。元々オレに近づいてきたのも、オレが大手メーカー勤務だったからなのかななんて思うこともありますよ。

この間なんてついに、〝あなたのことは男として見れないわ〟って言われちゃいましたしね。まぁ、もう陸斗もいるし、夫婦生活がなくなってもなんの問題もないんですけどね。

……ってすいません！　オレは一体、なんの話を。こんなの、幼稚園のママさんにする話じゃないですよね！」

確かにや。確かに、同じ幼稚園に子供を通わせるパパとママが、初めて会話をしたと思ったら、「夫婦の営み」が話題になっているこの状況。普通に考えたらおかしい。

しかし、オレは男。男同士が会って早々、夜の生活を話題にするなんて、なんのたわいもないこと。それに何より、性のことで今まさに悩んでいる身でもある。他の夫婦の性生活を聞けるなんて願ってもないことでもあった。やから寧ろこの話題のまま会話を盛り上げたいと思った。

「いえいえワタシはいいんです。それに夫婦なんてどこも色々あるもんですし。

でも陸斗君パパさっきは後悔してないって話されてましたけど、やっぱり妻に男性として見てもらえないって、それって辛くないですか？」

「まぁ、今はいいんです。陸斗の幸せが第一というか。でも陸斗がもう少し大きくなったらちゃんと夫婦の関係をどうしていくのかを考えないといけないなって。

それで万が一別れることになっても、絶対に次は社会的立場や収入で自分に近づいてくるような女性とは一緒になったらダメだなって思ってます。

次があるならオレは未来君ママみたいな女性が良いな」

何を言い出すんだ、この男は！　と驚いた。しかし、褒められて嫌な気持ちになる人間は少ない。オレも例外ではなかったし、しかも、自分の妻のことまで褒められている気がして、ダブルで嬉しかった。

「えっ⁉　ワタシですか？　なんでワタシ⁉」

「妻から聞いてたんですよ、未来君ママたちの夫婦は、妻が夫をサポートし、逆に夫も妻をサポートしていて理想の夫婦関係を築いているって。

そういうパートナーシップを築けるご夫婦って凄い憧れで。

フラットな関係性を築けてる夫婦って、結局、お互いの自己肯定感が高いからこそ為せるワザだと思うんですよね。

〝幸せにしてよね〟って精神ではなくて、〝一緒に幸せになろう〟って精神というか。だから未来君ママに聞いてみたかったんですよね。

女性側の視点で、そういうパートナーシップをどうやって築いているのかを。

今後のオレの希望の光だなって……。

あ！　スイマセン。朝の様子だと未来君ママもなんか悩まれてましたよね？

話を聞くって言って誘った癖にゴメンなさい」

隣の芝はほんまに青く見えるもんなんやなと思った。オレたち夫婦が他所《よそ》の夫婦から見ると、理想の夫婦やなんて。

それにしても、どこかの記事で読んだことが蘇る。「人の本音を聞きたいなら、まずは自分が本音を話すことから始めろ」とその記事には書いてあった。

今、その記事が真実であることを痛感している。なぜなら、陸斗君パパが会って早々、こんなにも本音で語ってくれている。

それなのに、オレだけはぐらかす気には毛頭なれなかったから。それにやはり、オレは男。そのことも相まって、気づけば陸斗君パパに、あけすけな話を繰り広げることになった。

「悩んでいるのは実は夫婦のことで。ウチの夫婦合わないんです。カラダの相性が」

そう！　セックスが上手くいかないことを、打ち明けたのだ（幼稚園帰りになんの話をしてるんやろ）。

とはいえ、オレはカラダが入れ替わったことはもちろん、元々のオレのカラダは早漏であること、さらにリョウコがイケないこと、そして何より今、リョウコのカラダが男性嫌悪に陥ってしまっていることなど、何も詳しいことは話さなかったけれど。

なぜなら、別に陸斗君パパに答えを求めたわけじゃなかったから。しかし、返ってきた陸斗君パパの答えをきっかけに、２人の間で予想外の物語が始まるのだった。

「〝夫婦なんてそんなもの〟って割り切ってしまう奥さんも多いのに、そうは考えない所がやっぱり素敵ですね未来君ママは。

こんなに愛されて幸せだな、未来君パパは」


自分の意見を言ったり、掘り下げて状況を聞いたりせず、まずはそのことで悩んでるオレ（リョウコ）の存在を肯定するその言葉。そしてリョウコだけではなく、その場にはいないオレ（アキラ）に対する敬意も忘れない。

なんて優しくて思いやりのある男なんやろうとオレは感動した。

……と同時に、カラダがうずいているのが分かった。

『アキラさん、今のアタシたちに必要なのは、こういう〝男らしさ〟に毒されていないエネルギーを持つ男よ。男につけられた傷は男で癒さないと！

それに彼もリョウコちゃんに興味がありそうじゃない？』

目黒の事件の時とは違い、カラダはGOサインを出している。

確かに、オレ自身も陸斗君パパから妙な色気を感じていた。

妙な色気というのは、つまり、ギラギラした男から感じるエネルギーではないということ。そんなジャンキーな色気ではなく、温泉のようなまろやかなエネルギー。
オレたち、ココロとカラダの意見が一致した。きっと、こんなにもカラダがうずいたのは、オレもリョウコのカラダも男のカラダに対する苦手意識を1日でも早く、払拭したかったからだ。そして、気づいた時には、凄いことを口走っていた。

「陸斗君パパ、ワタシとセックスしてくれませんか？」

こんなにも大胆になれたのは、オレが男やから。女性からセックスしたいと言われて、嫌な気持ちになる男はこの世界に1人もいないと確信があったからや。もちろん陸斗君パパは一瞬、何を言っているのか分からないような表情を浮かべた。その後、言葉の意味が分かった途端、一気にオレから目をそらした。

「えっ⁉ 何を急に言ってるんですか！ 未来君ママのこと、確かに素敵だなって言いましたけど、オレそんなつもりじゃ……」

「そうですよね。あくまで価値観を褒めて下さっただけですもんね。

ワタシったら何を言ってるんだろう？　陸斗君パパがあまりにも素敵だからおかしなことを口走ってしまいました。

女性として見てくれてるのかななんて思い上がりをして恥ずかしい」

「そんな風に言わないで下さい。アナタのように魅力的な女性にそんな風に言って貰えるのは嬉しいです。

だけど、陸斗や妻を悲しませるようなことはしたくないんです」

普通の男なら、すぐにホテルに行こうとはしないまでも、少なからず迷いが見えるはず。それやのに陸斗君パパときたら、キッパリ断ってみせた。

男としてのプライドや面子ばかりを気にして生きてきたオレとは真逆の価値観を持った男。そして、性欲のために良い人の面を被っていた祐介とは全く違うタイプ。

オレはますます、この男に抱かれたくなった。

とはいえ、こういうタイプの男はどう崩せばいいのか。全く攻略法が見えなかった。が、しかし。そんな陸斗君パパも完全なる聖人君子というわけでもない様子。それは、陸斗君パパの言葉の節々に、名残惜しさを感じたから。

「そう言って貰えて嬉しいです。勇気を出してお茶に誘って良かった。さっきは少しカッコつけて断りましたが、オレも自分の興味のない女性をお茶に誘ったりはしませんからね。これから未来君ママのことを時間をかけて知っていきたいです。それに、悩んだらいつでもボクに相談して下さい。いくらでも話を聞きますから」

結局、陸斗君パパも所詮、男だ。今日の所はこの辺で勘弁してやろうと、LINEだけ交換して、その日は家路へとついた。

それからオレと陸斗君パパは毎日のようにLINEをするようになった。

お互いの子供のこと。

お互いの夫婦のこと。

そしてお互いの人生のこと。

毎日幼稚園の送り迎えで顔を合わせるだけでは決して話さないようなことをLINEで共有するようになっていった。

女性から尊敬されよう！

女性より優位な立場に立とう！

そうじゃないと女性には認めて貰えない！

オレを含む世の中の多くの男がその思い込みの枠から抜けられない中で、陸斗君パパからのメッセージには、やはりそういうものが全く感じられない。

陸斗君パパから感じるもの。

それはホントに女性のことを理解しよう！

受け止めてあげよう！

という優しさやった。

その優しさにオレは癒された。

日に日にオレの陸斗君パパへの気持ちは高まっていった。

それはオレだけではなく、やはりリョウコのカラダも同じやった。

陸斗君パパとセックスをする想像をするだけでリョウコのカラダは濡れていた。

もちろん陸斗君パパもリョウコの姿をしたオレに、想いを募らせてくれている様子やった。

オレたちはＬＩＮＥを交換した5日間のやり取りで、「リョウコちゃん」「鉄平君」と名前で呼び合うようになっていた。そして……、

ＬＩＮＥを交換して6日目の日、オレたちは幼稚園に子供を送り届けた後ラブホテルへと向かった。


「鉄平君、本当にいいの？　あの時は、家族を悲しませたくないって言ってたけど」

「うん、オレもあの後、考えた。でも、リョウコちゃんは特別なんだ」

「後悔しない？」

「うん、後悔なんてしないよ。リョウコちゃん」

「ワタシ、ずっと鉄平君みたいな男性に優しく抱かれてみたかった」

「リョウコちゃんの思い過ごしで、オレのセックスなんて全然優しくないかも知れないよ」

「えっ!?　嘘!?　そんなの嫌。優しくして」

「うん」

鉄平君の大きな腕にオレのカラダは優しく覆われた。まるで、クリーニングしたての毛布でくるまれるような感覚。

「リョウコちゃん、ホント可愛いね」

そう言いながら、鉄平君は、オレの頭をそっと撫でた。

それはまるでお父さんが娘の頭を撫でるように。優しく、何度も何度も。

そうやって撫でる手は、背中、腰、お尻まで背骨を通る部分をスライドしていく。

鉄平君に撫でられた場所がどんどん温かくなっていく。

鉄平君によって、ココロと一緒にカラダまでもが開かれていく。そんな感じがしていた。

抱きしめ合ってそろそろ20分も経とうとするのに、鉄平君はまだ胸や性器などの性感帯には全く触れてはこない。

それなのにカラダにドンドンと性的なエネルギーが充満していく。

『あぁぁぁぁ気持ち良い。アキラさん、あなたには悪いけどアキラさんからは、こんなにも優しいエネルギーを感じたことがないわ。

この優しいエネルギー凄い良い!!』

リョウコのカラダが言ってることはオレも自覚していた。あずさに触れられた時に感じた解放感とはまた違う性のエネルギー。

男性によって傷つけられたリョウコのカラダがどんどん癒えていく。


『あぁぁぁぁ、もっと欲しい。このエネルギー。

このエネルギーでアタシを満たして』

リョウコのカラダが渇望感で満ちた時、それを察してか鉄平君の手がオレの胸に触れた。

まだブラジャーを外していない状態で下着の上から軽く乳首を刺激されただけなのにとんでもない大きな衝撃が乳首から全身に駆け巡った。

そのあまりの気持ち良さにオレのカラダは軽く痙攣していた。

ワタシの様子を見て鉄平君は微笑んでいた。

そしてもう一度ワタシの頭を撫でながら、「リョウコちゃんはホント素直なカラダをしてるんだね」と言いながら、オレのブラジャーのホックを外した。

鉄平君はオレの乳首を吸い込むように舐め始めた。さっきまでの穏やかなエネルギーの中に次第に情熱的なエネルギーが加わってくるのが分かる。

ずっとふわっと腰の辺りを抱きかかえていた鉄平君の手から、グッと男らしいチカラが伝わってくる。

乳首から伝わる刺激と、抱きしめられることで伝わってくる心地よさがマッチしてオレのカラダはドンドン気持ち良くなっていく。

まだ何も触れられていないのにオレのアソコは濡れまくっていた。

もの欲しそうな顔で鉄平君の顔を見つめると、鉄平君は何も言わず頷きながら、そっと優しくオレの下半身をクンニし始めた。

鉄平君は口全体でオレのクリトリス全体をすっぽり覆うように包み込んだ。

口の中でゆっくり、ゆっくりと舌を動かしていく。それはまるで女性が男性のペニスを咥えるかのごとく。

フェラをされている感覚に凄く似ている。

でもひとつ違うのは、〃恥ずかしい〃ということ。

昔付き合っていた彼女の中にクンニを嫌がる女の子がいた。彼女はオレがクンニをしようとすると、やたらと「恥ずかしい」という理由でクンニを拒んだ。

マジマジとアソコを見られるのが恥ずかしい。

もし変な匂いがしたら嫌われる。

そんな風に思っていたそうだが当時のオレにはサッパリ分からへんかった。

でも今なら分かる。

男性にマジマジとアソコを直視されるのは恥ずかしい。

やはり、普段はカラダの内部に隠されているからやろうか。

急に、プライベートゾーンに踏み込まれる気持ちになる。

それに、リョウコに内緒で勝手に幼稚園のパパ友と関係を持ち、その結果……

アソコが臭い女なんてイメージを持たれたら最悪でもあるし。

オレはクンニをされることに対する羞恥心をどうも捨てきれず、もじもじした。

そんな時である。鉄平君の放った言葉で、オレの羞恥心は一気に、吹き飛んだ。

「リョウコちゃん。リョウコちゃんのアソコ美味しいよ。もっと舐めたい」

その言葉はオレの不安や心配を一瞬で吹き飛ばした。

〝美味しい〟

女性が自身の性器に対して肯定感を持つのに、これに勝る言葉はないだろう。

もちろんそうは言っても、実際に味覚的に美味しいわけがない。それでも、鉄平君は、それからも甘いキャンディーでも舐めるかのように、優しく、丁寧に、オレのアソコを舐めるのだった。

ところで、鉄平君のクリトリスの舐め方は非常に特徴的やった。

舌で力強く責めるのではなく、口全体でクリトリスを含み、唇と舌で優しく挟み、チロチロと転がすイメージ。

その行為は、女性のカラダを傷つけまいとする鉄平君の敬意が表されているようにも感じた。

さらにただただオレを気持ち良くするだけではなく、鉄平君のカラダも気持ち良くなっていることが分かる。

硬くなったペニスがクンニをすることで萎える場合、相手のカラダの感覚にばかりに意識が向いてしまっている証拠。つまり、自分のカラダの内側の気の巡りが悪くなっている状態である。

逆に、クンニをして硬くなったペニスがさらに硬さや熱を帯びた時は、相手のカラダの感覚と自分のカラダの感覚が共鳴している証拠。そうなると、お互いのカラダの内側の気の巡りが良くなっていく。

これはオレがあずさから教わったことのひとつ。

今まさに、クリトリスを頬張りながらドンドンと硬さと熱を増していくペニスが目の前にある。

もちろんその感覚をリョウコのカラダが味わうのは初めてのことやった。

《アキラさんなんなのこれ!? クンニされてるだけなのにカラダが溶けそうよ。

ダメ。このままだとイッちゃうぅぅ》

「ダメ。このままだとイッちゃうぅぅ」

カラダの声をそのままオレは口にした。

「いいよ、リョウコちゃん。イクとこ見せて」

鉄平君はそう言うと、ガシガシ舌の勢いを強めるでもなく、より一層、力を抜いて、撫でるようにワタシのクリトリスを刺激した。

「あぁぁ、もうダメ……」


その刺激をトドメにオレはとうとうイカされてしまった。

イッた後も鉄平君はカラダを密着させながら何度も何度も優しくキスをしてくれた。

「最高だったねリョウコちゃん」

そう言いながら微笑みかけてくれる鉄平君に、喜びが溢れる反面、オレはひとつの疑問が浮かんだ。

「ゴメンなさい。ワタシだけ先にイッてしまって。鉄平君、まだイッてないよね!? 挿れる？」

「気にしないで大丈夫だよ。オレ、挿入も射精もしなくても全然平気だからさ。

てか、リョウコちゃん、ひょっとしてさ……

旦那さんが射精して終わるエッチしか経験したことなかったんじゃない？」

あくまでも本当は旦那側の意見だけど、図星やった。というか、男性が射精しないセックスって何!?　とすら思った。

「女性が一方的に気持ち良くして貰う体験をするのも場合によっては大事なんだよ。特に相手を気持ち良くすることばかり優先してきた女性にはね。

自分が必要とされているのか、愛されているのか？　って心配がベースで性欲を感じている女性はね、今日みたいにクリトリスをいっぱい愛撫されて気持ち良くなることがとても大事なんだ。

クリトリスは女性のカラダの男性器って言われていてね。男性的なエネルギーをたくさん蓄えている場所。だから、クリトリスを愛でられると、〝尊重して貰ってる〟、〝大事にされてる〟って感じられるんだ。今のリョウコちゃんにしてあげられることってなんだろう？　って考えてね。今日は最初からオレは挿れないし、イカないセックスをリョウコちゃんにプレゼントするって決めてたんだ」

その鉄平君の言葉に、オレ以上にリョウコのカラダが感動していた。

『鉄平君ありがとう、そしてアキラさんもありがとう。おかげでワタシの中の男性に対する嫌悪感みたいなものが全部抜けていった感じがするわ』

そんなリョウコのカラダの声に、オレはつい感動してしまい、涙が込み上げた。

すると、鉄平君は何も聞かずに、オレの頭を撫で、そして優しく抱きしめた。


「鉄平君ありがとう。おかげでワタシのココロとカラダが肯定された気分」

「オレもそれは同じだよ。専業主夫をしているオレなんかとこんな関係になっても何も得なんてないのに。こうやって受け入れてくれて嬉しいよ。

家じゃまるで男として扱って貰えないからね」

そう言う鉄平君の顔は少し悲しげだった。


「こんなに優しくて素敵な旦那さんがいるのに勿体ないよ。奥さんはきっと今一生懸命で大事なモノが見えなくなってるのかも知れないね」

オレは自戒の意味も込めて言った。

「そんな風に言ってくれるリョウコちゃんはやっぱり優しいよ。でもウチの夫婦はもういよいよダメかもしれない。妻は妻でなんか付き合ってる彼氏がいるみたいで。家に帰ってこない日も増えてきたしさ。時間の問題かな」

「えっ!?　そうなんだ……奥さんも不倫してるんだ。

知ってるのに何も言わないんだね鉄平君。別れたら陸斗君はどうするの？」

「どうだろうね。陸斗の親権を欲しいって言うかすら怪しいぐらい、今は多分、自分と彼氏のことで頭がいっぱいだよ。

でもオレも妻のことを言えないよな。リョウコちゃんのことで頭がいっぱいなんだから」

真剣な目でオレの目を見つめながらそう言う鉄平君。

そんな彼の姿に、オレも段々と鉄平君に対する気持ちが膨らんでいくのが分かった。

そしてオレは元より、リョウコのカラダはすっかり鉄平君の虜になっていた。

《アキラさんお願い。次は鉄平君と最後までしてみたい。鉄平君とのセックスにワタシがずーっと体験してみたかったことが詰まっている気がするのよ》

その想いは切実やった。しかし、そうは言っても、これからも鉄平君との関係性を続ける場合、〝どういうつもりで一緒にいるのか？〟をはっきりさせておく必要がある。

「鉄平君、でもウチは離婚したりできないよ。ほら、セックスの相性は悪くても夫婦仲は良いし、それに下の天心はまだ小さいし」

「大丈夫。それはちゃんと分かってるから。

オレ、リョウコちゃんが自分のパートナーにならなくても良いんだ。こうやって会ってくれる時間があるだけでも充分だから。

それに矛盾を感じるかも知れないけど、リョウコちゃんには旦那さんを捨ててオレと一緒になりたいって言い出すような女性にはなって欲しくないし。

オレは旦那さんを支えてるリョウコちゃんが好きなんだ」

「何それ!?　ホントそれって矛盾してるよね。

ワタシとこんなにエッチなことしておいて。ウチの旦那が聞いたら怒るよきっと」

オレは鉄平君とこんな会話をしながら、あずさと出会った時のことを思い出していた。そういえばあずさと関係を持った時も、彼女に似たようなことを言われた覚えがある。

オレを自分のモノにしたいとは思わない、と。

一方で、オレのことを自分のモノにしたい！ とエゴをぶつけてきたリョウコという存在。そんなリョウコと元に戻ることを想像すると、オレはどこか窮屈さを感じるようになっていた。

そしてオレよりも強くこの窮屈さに拒絶反応を示していたのは今まで24時間365日リョウコと時間を共にしてきたリョウコのカラダやった。

戻った時のことは戻った時に考えよう。

そう思う反面、「戻った時のことは考えたくない。このままでいるのも悪くない」という気持ちが、オレの頭の中を支配していた。

DAY 55

ご奉仕セックスをする女

アキラとカラダが入れ替わってからもうすぐ2ヵ月の月日が過ぎようとしていた。入れ替わったばかりの頃は慣れない毎日にソワソワしていたし、職場や不倫相手のあずさと過ごす時は、「アキラならこの状況でどんな風に振る舞うのだろう?」と一挙手一投足に迷いがあった。

しかし、何がアキラらしい振る舞いなのか? は、周囲の人たちのリアクションが教えてくれた。特に職場においては、ワタシが想像していた以上にアキラは信頼や期待をされていることが分かった。

ワタシがまだ職場の同僚だった頃のアキラとは、仕事人という意味では、どうやら別人。何段階も成長しているようだった。

アキラは入社当初から、

「独立して日本一起業家の個性を活かすデザイン事務所を創る！」

という夢をいつもワタシに語っていた。

ワタシがアキラを結婚相手に選んだ理由のひとつは、成長していく彼が眩しく見えたから。この人の成長を一番そばで見守りたい。そう思った。


でも不思議と結婚してからは、アキラはワタシには夢を語らなくなった。生活や家計という現実を共にしていく中で、「大きな夢を語ることに対する恥じらい」が生まれたのかも知れない。そのことをワタシはちょっぴり寂しく思っていた。

だけど、今こうやってアキラとして職場で仕事をこなす毎日の中で、アキラが夢を諦めていないことが分かった。それが嬉しかった。

カラダが元に戻るまでの期間、アキラの夢の足を引っ張らないようにとワタシはできる限りを尽くし、仕事に打ち込んだ。

今日の打ち合わせは、ウチの会社運営のデザインスクールに入会を検討されている28歳の女性との面談。自宅でネイルサロンをされているとのことだ。

面談というと聞こえはいいが、要は「クロージングセールス」。小規模事業者をメイン顧客にしているウチのような小さなデザイン事務所では、デザインの仕事だけではなく、こういったスクール業のセールスを請け負うことも日常茶飯事。

慣れない仕事に少し気は重かったが、「アキラの夢のためだ！」と自分を奮い立たせ、待ち合わせ場所に向かうのだった。


待ち合わせしていた新宿三丁目のカフェに行くと、色白の小柄な女性がポツンと座っている。きっとこの人に違いないと確信した。

なぜなら、身につけているアクセサリーが色とりどりの華やかなものであったり、ルイ・ヴィトンのカバンに引っかかっているチャームにスパンコールがあしらわれていたり、いかにも「ネイルサロンを経営してます！」臭を醸し出していたから。


「お待たせしました。ココロデザインの担当・前川日明と申します。

本日はどうぞよろしくお願いします」

「高円寺でネイルサロンを経営してます、横山美雪と申します。

よろしくお願いします」

そうやって名刺交換をした時のことである。女性の爪に釘付けになった。なぜって、爪の柄が「ゴジラ」！　いわゆる〝痛ネイル〟ってやつだ。ワタシは人生で初めて目にする痛ネイルに食いついてしまったのである。


「あ、ゴジラ、お好きですか？」

あまりにもネイルに目をやるワタシに気がついたのだろう。女性がそうワタシに聞いた。

「初めて見ました。ゴジラのネイルなんて」

「痛ネイルですよね」なんて言えるわけもなく、無難な答えを選んだ。

「嬉しいです。気づいて下さって。ネイルに目がいく男性って珍しいんですよ」

「えっ、そんな派手なネイル誰でも気づきません⁉」

「あははは。確かにそうですね。ワタシのサロンは高円寺にあるんですが、土地柄なんですかね。キャラもののリクエストがすっごく多いんです。だから、これもその練習っていうか」

なるほど、痛ネイルを地でいくタイプではなさそうだ。それからも営業のための情報交換タイムは続く。

「横山さんのされてるサロンのホームページも拝見させていただきました。あれはご自身でデザインされているんですか？」

「いえ。先月まで働いてくれていたネイリストの女の子がデザインの技術もあって更新してくれていたページなんです。

でも先月急に辞めることになっちゃって……」

「えっ!?　それまたどうして？」

「急にホストにハマっちゃって……、

ネイリストの給料じゃやっていけないって風俗に闇堕ちしちゃったんです。その子にホームページとかSNSでの集客を全部任してたから今ウチのお店、超ヤバくって。

このままじゃワタシも風俗に闇堕ちしちゃいそうです。

前川さん!!!　助けて下さい。ワタシ、全然そういう知識なくて困ってるんです。

SNSでの集客って、何から始めたらいいんですか！」

「……と言われましても今回説明にお伺いしているスクールでの講座の内容は、あくまでデザインのスキルを磨いて貰うための講座でして。学んでいただいたからと言って、辞められたスタッフの方の穴が埋まるわけではないんですよね」

「えっ!?　そうなんですか……。じゃあワタシは一体、どうしたら……」

デザイン講座の説明をする上で心苦しいのはいつもそこだった。デザインは集客を後押ししてくれる大事なエッセンスだ。しかしデザインは集客に直結しているわけではない。

そのことを知らずに問い合わせしてくる方は少なくないのだ。

横山さんのような若い女性の場合は特に。

営業マンとしてはそれでもなんとか自社商品を買って貰ったほうがいいのだろうが、なんだか詐欺を働いているみたいで、そういう気持ちにはさらさらなれない。そこで、正直な気持ちを伝えることにした。

「大丈夫ですよ、横山さん。ウチのデザイン事務所はやってないんだけど、他のデザイン事務所さんなら、SNSの集客の先生と組んでデザインと集客の両方を教えている講座を開催してますから。そこに行かれるのはどうですか？

費用はウチのデザインの講座より少し高くつきますけど横山さんの今の状況を聞いてると絶対そっちに行かれたほうがいいと思います。今URL送りますね」

「良いんですか？　ホント助かります。でもそんなことをワタシに教えてしまったら、前川さんの会社が損しちゃうんじゃないですか？」

「そうなんです。ホントはダメなんですけどね。でも困ってる人を見るとね」

「前川さん営業には向いてませんね」

「よく言われます」

この女性の言う通り。ワタシは営業には全く向いてない性格だった。

「それにそんなに優しいと、メンヘラ女子に好かれちゃいますよ。ワタシみたいな」

「大丈夫、ボク自身がメンヘラ女子みたいな性格してるから。きっと、メンヘラ女子たちもそれを知ったら幻滅するはずです」

そうやって上手くあしらおうとしたのだが、女性からは意外な反応が返ってくるのだった。

「えぇ。それってめっちゃ可愛いじゃないですか！　見た目がめっちゃ男らしい前川さんが実はメンヘラなんて。可愛過ぎます」

「そ、そうかな⁉　横山さんって変わってますね」

「そんなことないですよ！

あのお、今日こんなに親切にして貰っておいて厚かましいお願いなんですけど、前川さんお友達になってくれませんか？

きっとワタシ、これからも仕事のことで迷ったり悩んだりトンチンカンなことをやらかしたりしちゃうと思うんです。

そんな時に今日みたいに相談させて貰えたら嬉しいなって」

「それって友達っていうのかな⁉　じゃあ横山さんのサロンが繁盛したらウチにデザインの仕事をくれるって約束して下さるなら良いですよ」

「もちろんです。そうできるようにワタシ頑張りますから」

そんなこんなで、どういうつもりなのか本心までは推し量れなかったが、営業に繋がるならと、ワタシたちはＬＩＮＥを交換したのだった。

しかし、彼女の言った「メンヘラ女子に好かれちゃいますよ」という発言が、まさか伏線だったとは。この時のワタシは知るよしもなかった。


〝前川さん、今日も全然予約入らなくて不安だよ〟

〝前川さんに教えて貰った講座良さそうだけど金額が高過ぎて超ビビってます。やっぱりこのままお店を畳んで、ワタシも風俗で働こうかな？〟

〝何やってんだろうワタシ？　前川さんからすれば自分の会社の講座に申し込んでくれなかったお客さんなのにこんなことまでして〟

そんな風に、交換してから毎日、彼女からのネガティブな連絡が届くようになったのである。

最初のウチは彼女のことが心配だし、やはり、営業に繋がるなら！　と、マメに返事をしていたワタシも、次第に返信にストレスを感じるようになっていた。

何通かすると、すっかり既読スルーをするようになっていた。しかし、相手が返信してきたかどうかなんてことは彼女には関係がないらしく、ＬＩＮＥメッセージは止むことはなかった。

〝前川さん、もうウチのお店ダメかも知れない〟

〝前川さんが優しくしてくれたから頑張ろうと思えたのに返信してくれないと、挫けそうだよ〟

彼女から来るメールはますます悲観的な内容になっていった。そして彼女とLINEを交換して5日目のお昼頃のことだった。トドメのメッセージがきた。

〝自分だけでお店をやっていく自信を完全に失いました。

今日風俗の面接に行ってきます。

実はワタシには3歳の息子がいて、1人で育ててるの。だから売上が上がる見込みのないネイルサロンを、呑気にやってる場合じゃないんです。

せっかく親切にして貰って励ましてくれたのに、最後まで頑張れなくて、ホントすいません〟

同じく小さな子供を持つ母親のワタシにはガツンと重たい罪悪感がのしかかってきた。ワタシはなんて薄情なことをしてしまったんだ。

放っておくことができず、気づいた時には、彼女へと電話をしていた。

「もしもし横山さん⁉　今どこ？」

「あっ、前川さん。やっと連絡くれた。

今ワタシ、新宿駅から歌舞伎町に向かって歩いてます」

「風俗で働くってどういうこと⁉　普通にネイリストとして雇われて働くとかじゃダメなん？」

「自分のお店を出すのに、ワタシ結構な金額を借金しちゃってて。それに小さい子供もいるから、雇われネイリストじゃとてもじゃないけど生活していけないの。

っていうかなんで前川さん電話してくれたの？　ワタシのこと、無視してた癖に」

「だって横山さんが風俗の面接に行くなんて言うからやん！」

「ワタシが風俗で働こうが前川さんには関係ないじゃないですか。もうほっといて下さい」

〝ほっとくも何もお前がわざわざＬＩＮＥで知らせてきたんじゃないか‼〟

そう思いながらも正義感の強いワタシは、彼女をなんとか思い止まらせることに一心不乱になった。その結果、メンヘラ女子には絶対に与えてはいけない言葉を口にしてしまうのだった。

「横山さん、オレが悪かったわ。ちゃんと君のサポートするから。風俗に行くのは止めよ」

その言葉を言った瞬間、電話口から聞こえる声が急に明るくなった。

「ホントぉ⁉　今度は絶対だよ。今度前川さんに見放されたらホントにワタシは風俗に行っちゃうから」

元をたどれば、善意で交換したＬＩＮＥ。それなのに、相手はすっかり自分のことを恋人扱いしている様子。風俗行きを止められた安堵感と、これからの関係性を憂う気持ちで、ワタシのほうまでメンヘラワールドに落ちそうになった。

〝ワタシは可哀想な女だ〟と被害者的な主張をする女子に、ワタシのように反応してしまう男はきっと少なくないのかも知れない。

彼女はそんな男の心理を熟知している様子だった。

こんな駆け引きをすることでしか男の優しさを獲得できない時点で、可哀想な女性だとワタシは思った。

しかし、可哀想な女性が風俗で働き、さらにメンタルがズタボロになる。そしてその引き金を自分が引いてしまう。そんなことがワタシにはどうしても見過ごせなかったのだ。

とんでもない人間に優しくしてしまったようだ。ワタシはじわじわとそう実感したのだった。

その実感は、数分後に現実として現れた。


「じゃあ前川さん。今から会いに来て。今度は口だけじゃないってところをちゃんと証明しに来てよ。1時間以内に来てくれなかったらこのまま歌舞伎町のヘルスに面接に行っちゃうんだから」

「1時間以内!? そんな無茶な」

脅しにも近い言葉である。しかし、首を自ら突っ込んでしまった手前、責任感の強いワタシは、会社には「アポが入ったので外出します」と嘘をつき、会社を出た。

彼女は前回会った新宿三丁目にあるカフェにワタシを呼び出した。


「あっ、前川さんホントに来てくれたんですね」

「うん、だからもう風俗で働くなんて馬鹿なことを考えるのは止めて一緒にお店を上手くいかせることを考えよう」

「なんでちょっと関わっただけのワタシにそんなにかまうんですか？　しかも自分の会社の講座には申し込まなかったのに。前川さんって馬鹿ですよね」

頼ってきたり、脅してきたり、悪口を言ってきたり、メンヘラ女子のやることは、予想外なことばかりである。


「馬鹿!?　なのかな!?　ちょっとそれって酷くない？」

「馬鹿ですよ。だって一度は面倒臭いと思ったからＬＩＮＥを返さなかった癖に、ワタシが風俗で働くってゴネたら急に態度を変えてまた親切なフリをして。

なんでそんな続かない優しさを自己犠牲してまで他人に振り撒こうとするんですか？

ホント馬鹿みたい。

前川さんみたいな人の優しさって結局ニセモノなんですよ。

だから無性に腹が立って‼　困らせてやろうって意地悪な気持ちになるんですよね」

どうやら次は説教タイムのようだ。ただ、彼女の言わんとすることも理解できたワタシは素直に謝ることにした。

「それはゴメン。それは確かに君の言う通りだよ。でもオレが困った顔を見てそれで横山さんの気は晴れるの？」

「晴れないわよ‼　だって嘘じゃなくて、心の底から優しくしてくれる人と出会いたいって思ってるんだから。

だからもうそういう良い人のフリをして中途半端に優しくするの止めてよ‼

……ワタシみたいな女は期待しちゃうんだから……」

そう言うと彼女はせきを切ったように泣き始めた。

「ゴメンね。なんだか良かれと思ったことで逆に傷つけてしまったみたいやな。確かにオレの態度がコロコロ変わるのが良くなかったわ」

こういうタイプの女に中途半端に優しくしてはいけない。それは同じ女として分かっていたつもりだった。それなのに、ついつい男として過ごしていくうちに中途半端に男らしい態度で横山さんに優しくしてしまったことに気がついた。反省の極みだ。

「いえいえゴメンなさい。結局ワタシの悪い癖でもあるんです。優しくしてくれる男の人がいるとすぐに期待しちゃうし、好きになってしまうんです。どうせその優しさはずっと続かないって分かっているのに」

「横山さんの
〝どうせその優しさはずっと続かない〟
っていう気持ちは過去の恋愛経験から来てるんですか？」

「そうです。今までワタシの人生で深く関わった男性はみんなそう。自分の男としてのエゴを満たすために続かない優しさや愛情を与えてくる。

そしてしんどくなったらだんだんと冷たくなっていく。

別れた旦那も優しかったのは結婚して最初の1年だけだった。家事を手伝ってくれたり、誕生日を祝ってくれたり、毎週外食に出かけたり。でも1年経って、子供が生まれたタイミングで会話も減っていくわ、家に帰ってこない日も増えるわで。

もちろんセックスなんて絶対に無理って態度を取られて、最後は浮気相手と人生をやり直すなんて言い出してさ。結局離婚しちゃったの」


ワタシは横山さんの話を決して他人事として聞くことはできなかった。もしもカラダが入れ替わっていなかったら、ワタシも全く同じ状況に陥ってしまっていたことは間違いなかったから。

さっきまで、「可哀想な女」「被害者意識の強い女」「卑怯な女」と少し軽蔑し嫌悪していたはずの横山さん。それなのに、彼女の過去の話にシンパシーを感じ、ワタシの胸はすっかりざわついていた。

「今は偽りの優しさでも、続かない優しさでも良いんです。前川さんが優しくしてもいいって思える分だけで良いんです。それでもいいから甘えさせて欲しいんです……」

そう言いながら泣きじゃくる横山さんを見てワタシは覚悟を決めた。

「分かりました。横山さんがそれで喜んでくれて前向きな気持ちになってくれるならオレ協力したいです。オレにできることってなんですか？」

「えっ⁉　ホントですか？　嬉しいです。

じゃあ……ワタシちゃんと頑張るって約束するから。

だから、今日はワタシと朝まで一緒にいてください。そして、1日だけ恋人でいて欲しい。前川さんがワタシ、ワタシに向けられる精一杯の愛情を下さい。

そしたらきっとワタシ、明日から頑張れるから」

普通なら、この誘いは断るべきなのだろう。だって、朝まで恋人でいてくれって、それはつまり「セックスもよろしく」ってことだから。もし抱いてしまえば、彼女は結局、さらなるメンヘラ女子と化すに違いない。

しかし、その一方で、彼女の負の連鎖から抜け出させてあげられるのは自分しかいないのかも知れないとも思った。

なぜならワタシは、女。彼女のカラダを利用して自分の欲望を満たしてやろうなんて気持ちには絶対にならない。それに彼女に本当の意味で幸せな気持ちになるセックスを教えてあげられたらだ。もしかすると彼女の男性を見る目が変わり、前に進むきっかけになるのではないだろうか。……そう考えたのである。

さらにこうも思った。そんな幸せなセックスを教えることができたら、きっとアキラとのセックスも大きく前進するはずと。

こうして意を決したワタシは、アキラに急な出張が入ったと電話し、彼女と一緒にホテルへと向かうのだった。

「素敵だよ、横山さん」

横山さんの頭を優しく撫でた。

そしてそっと目を見つめ、ギュッと抱きしめた。

いきなりキスをしたり、胸を触るのではなく、まずはカラダに優しく触れる。

こうして女性に安心感を与える。

その重要性をワタシはあずさから学んだ。

一旦抱きしめて背中に回した手を、ゆっくり背中や腰にスライドさせながら触れていく。


女性はセックスをする時、男性に満たされたい願望を持ちながらも、心の奥の奥の奥のほうでは男性を怖がっている。それは自身の個人的な体験を超えて、長い歴史の中で女性が男性によって支配され、傷つけられてきた悲しい記憶を共有しているからだそうだ。

だからこそ、

〝大丈夫だよ〟

〝大丈夫だよ〟

〝怖がらなくても大丈夫だからね〟

と、心の中で唱えながら触れてあげることが大事とあずさは言っていた。

ワタシにはそういったスピリチュアルなことを受け入れる度量は元々ない。しかし、あずさとのセックスでの不思議なエネルギーに触れてからと言うもの、すっかり信じ切るようになっていた。


「あぁ気持ち良い。前川さんに触れられると心地いいです。服の上から触れられてるだけなのに。凄い」

横山さんのカラダにワタシの念が伝わっていくのが分かった。

ただしばらくすると横山さんの様子がおかしくなったことに気づいた。

どうも何かソワソワしている様子だった。


「どうしたの？　横山さん。何か気になることでもある？　様子がおかしいよ。気分悪かったりしない？」

「なんか分からないですけど、カラダがソワソワします。こんな風に優しい触れ方してくれる男の人と今まで出会わなかったし。

それにワタシばっかり気持ち良くして貰うのは気が引けます。前川さん先に脱いで下さい」

そう言うと横山さんはワタシのズボンとパンツを脱がし始めた。「ワタシ、前川さんにも気持ち良くなって欲しい」と言ったかと思うと、突然、ワタシのアソコをフェラし始めた。


《それにしても、リョウコちゃん。この子めちゃくちゃネガティブやの。

フェラされながら、

「ワタシにできることはこれぐらいしかないの」

「少しでも男の人に喜んで欲しいの」

「お願い、一生懸命するからワタシのこと好きになって」

みたいな念がビシビシ伝わってくるわ。

もちろん気持ちええんやで……。気持ちええんやけど……、
この「けど」が抜け切られへん》

確かにアキラのカラダが言うように、あずさがいつもしてくれる最高のフェラとは

何かが違う。その違和感をアキラのカラダは、ペニスからしっかりと感じ取っていた。

そしてそのせいもあって、ワタシのペニスが充分に硬くなることはなかった。

それでも一生懸命にフェラを続ける横山さん。

ところがワタシのカラダの反応が鈍いことに気づいた横山さんは、今度はワタシの乳首を手で愛撫しながら、フェラをする戦略に切り替えてきた。

〝乳首と同時なら、勃たないわけないでしょ!?〟

そう言わんばかりに横山さんはワタシのカラダにひたすら奉仕を続けた。

それでもワタシのペニスが硬くなることはなかった。それどころか横山さんが一生懸命になればなるほど、ワタシのペニスはドンドン萎れていく。


「前川さん、ワタシのフェラ、気持ち良くないですか？　一応これでも付き合った男性には〝美雪のフェラは上手い〟って言われてたんですけどね」

「そんなことないで。凄く横山さんのフェラ気持ち良い。オレがちょっと緊張してるだけかも」

ワタシは嘘をついているわけではなかった。触覚のレベルでは確かに気持ち良い。

ただその奥にある感情の触れ合いの部分でエネルギーが混ざり合わないのだ。

「きっと横山さんが可愛いから緊張してるんやわ」

オレはそう言いながら横山さんを抱きしめ、もう一度自分が責める側に代わろうと、彼女の服を脱がし、ブラジャーを外した。

まだ乳首が充分に隆起していない。それは横山さんのカラダには性的な興奮が起きていないことを意味していた。すなわち充分に性のエネルギーがカラダ全体に巡っていないままに奉仕をしてくれていたということ。

これがフェラをされても本当の意味で気持ち良くない理由であることが分かった。

《リョウコちゃん、どうやらこの子、まだセックスの本質を理解してないみたいやで。それやったらワシらが教えてあげな》

ワタシももちろんそのつもり！　と言わんばかりに、

〝いいんだよ。自分をもっと解放しても。全部受け止めてあげるから〟

という念を込めながら、横山さんの乳首をじっとりといやらしく舐め回した。

しかし、次の瞬間。またもや横山さんの様子が急変した。

「もう、ダメ！　止めて！」とワタシの口を手で覆い、舐め回すことを強制終了させたのだ。横山さんのカラダはすっかり硬直していた。

《リョウコちゃん、アカンわ。完全にこの子のカラダ、愛情の受け取り拒否を起こしてしもとるわ》

「愛されるのが怖い。

愛されて心を開いた後にまた捨てられるのが、ワタシ怖いの」って、この子のカラダが言うとるのリョウコちゃんも分かるやろ？

この子のカラダの潜在的な記憶の中には多分やけど男に心を開いた後に見離された辛いトラウマが刻み込まれとるんと違うか!?》

もちろん横山さん自身は、

〃どうせ失う愛なら、受け取らないほうが良い〃という拒否反応と、

〃ただただ愛されたい〃という潜在的な願望が、自分の内側で葛藤を起こしているなんてきっと気づいていないのだろう。

「愛を失う怖さ」が横山さんの中で「愛される恐怖」になっている。

だから男に奉仕して男を喜ばせることで、なんとか少しでも気を引こうと意識が向いてしまうのだ。つまり、男を受け入れる恐怖を、男に快楽を与えることでカバーしようとする意志が働いているのである。

そんな横山さんを見て、ワタシはワタシの無力さを思い知った。今のワタシでは、結局、横山さんに明日の活力を与えるようなセックスはできない。そう確信した。

それに、自分の無力さを自覚したからなのだろうか、すっかりワタシのアソコも萎え切ってしまっている。


ワタシ自身のカラダも強制終了である。


「ゴメンね、前川さん。気持ち良くしてあげられなくて」

ワタシは、そんなふうに男を気持ちよくさせられなかったことに責任を感じる横山さんに、過去の自分を重ねていた。

そう、アキラに拒否られ続けたあの日々を。

「オレのほうこそゴメンな。せっかくこんなに素敵な女の子が好きになってくれたのに全然チカラになれなくて。オレなんかじゃ君の人生で味わってきた悲しみやトラウマをなんとかしてあげられへん。ゴメンな」

こんなことを言うのは心苦しかった。しかし一方で、これ以上表面的な優しさで横山さんを期待させてしまってはいけないとも分かっていた。今のワタシにこれ以上優しくする資格はない。できることはきっと、潔く彼女の前から去ることだ。

横山さんはただただ泣いていた。

そんな彼女の泣き声に後ろ髪を引かれながら、ワタシはホテルを後にした。

その帰り道、ワタシはアキラのカラダと今までのことを話していた。

「ねぇ、正直に言って。

今日横山さんに感じたようなことを今までのワタシにも感じていた？　つまり、愛情の受け取り拒否してるなって」

〖リョウコちゃん、言わんでもそんなこと、自分で分かっとるやろ⁉

あの子のカラダから出とったネガティブな念に似たようなもんはワシとアキラは昔から感じとったで。
アレは全部、あの子の観念に支配された肉体（カラダ）の悲鳴や。
ホンマはあの子もワシらみたいにホンマのカラダの声をちゃんと聴いてやる必要があるんやけどな』
「耳が痛いよ、カラダさん……」

女性だった時は、「自分の満たされない想いを満たすのが男の役目でしょ」なんて思っていた。だけど、横山さんという名の「過去の自分」を、自ら抱くことによって、それは勘違いであることをまざまざと気づかされた。

優しくしても優しくしても、割れたグラスに水を注ぐみたいに、いっぱいになってくれない相手を目の前にすると、男として虚しい気持ちになるのである。だからこそ、愛される側も、器をしっかりと磨いておく必要があるのだと思い知らされた。

愛されない、満たされない。

そんな自分を被害者だと認識しているうちは女は愛されることはないのだ。

その状況を作り出している自分は、「愛されたいと願っている自分」を愛することを放棄し続けている加害者なのだから。

ワタシはカラダの声が聴こえ始めた結婚記念日のあの日の夜のことをしんみり思い出していた。

あの時のワタシは、ワタシに愛されたいと懇願してきたワタシのカラダの意志を完全に拒絶した。ワタシはそんな酷いことをそれまでずーーっと繰り返してきたのだ。

横山さんも同じだ。

自分と繋がることを拒否した状態で、他人と繋がることは不可能。そんなことを、今日の出来事を通して知った。

ワタシはワタシのカラダに謝ることから始めないといけない！

そしてこんなワタシの教育担当を、ワタシのカラダに代わって引き受けてくれたアキラのカラダにも、もっと感謝しなければいけない！

そう思った。

DAY 66

執着を超えた最高のセックス

「えっ⁉　ワタシが他の人に、されてる所を見たいってどういうこと⁉」

「いや、別に普通だよ。ハプニングバーに一緒に行って、リョウコちゃんが他の男にされてる所を見てみたいなって言っただけだよ。

そんなに驚くことかな？」

「いやいやいや、普通驚くでしょ‼　鉄平君はワタシに対して一切恋愛感情とかってないわけ？」

「あるよ、恋愛感情。ちゃんとオレ、リョウコちゃんのことが好きだよ。

だからじゃん。だから、見たいんだよ。愛している人が寝取られるのを。

好きじゃなかったら成立しないよ⁉　寝取られなんて」

オレと鉄平君が男女の関係になって2週間が経とうとしていた。

鉄平君とするセックスはいつも幸せで、鉄平君とセックスをする度に自分のカラダの中にあった男の性欲に対する嫌悪感もドンドン抜けていくのを感じた。

気がつけばオレは鉄平君のことを本気で好きになっていた。

だから鉄平君に寝取られ願望を打ち明けられた時は、正直言ってショックやった。

この日もついさっきまでいつものホテルで情熱的なセックスをしていたのに……。


オレのことを自分だけのモノにしたいなんて思って欲しいわけでもない。

でも、「自分の好きな女性を、他の男に触れさせたくない！」「他の男としても良いけど、あえてその姿は見たくない！」ぐらいには思っていて欲しいのである。

やはり理解できない。


「う～ん、どうして鉄平君がそんな風に言うのか、よく分からない。それに、そんな所に行ったことがないし……ちょっと怖いな、ワタシ。

ちなみに鉄平君はよく行くの？」

「よく行くってほどではないけど、昔はちょくちょく行ってたかな。会社勤めでストレスが多かったから。向いてない仕事を自分に押し付けて生きていた頃のオレにとって、そういう場所に行くことはひとつの心の糧だったんだ。割とちゃんとした人たちが集まっているし、とにかくそこはリョウコちゃんが思っているような卑猥なことがひたすら行われているような場所ではないよ。それに何より、ハプニングバーに行って、もっともっと常識から解放されていくリョウコちゃんを見てみたいって思ったんだよ」

常識から解放されていくリョウコちゃんを見たい？

ハプニングバーに行くことでなぜそれが叶うというのだろうか。

鉄平君の本心がますます分からへんくなった。

「そこって行ったら、絶対セックスしないとダメなの？」

「そんなことないよ。もちろんリョウコちゃんが、〝この人とならしても良いかな〟って思った相手が見つかったらってのが大前提だから。カップルや夫婦で来てる人も多いんだよ。それにオレとカップルで行ったら強引に誘ってくるような人も寄ってはこないだろうし」

「そうなの!?　でも……」

「でも何？」

「ワタシは鉄平君が他の女性と目の前でしてるのを見たら、正気ではいられないかも知れない。

ううん。絶対にショックで耐えられないよ」

「もう、可愛いなリョウコちゃんは。そういう所大好きだよ。やっぱり行きたい！　まずは社会見学だと思って。無理そうだったら帰ろう。それじゃダメ？」

好きな人にここまで言われたら、断る術を、女性歴の短いオレはまだ知らない。

それに男やった頃は、「ハプニングバーに一度は行ってみたい」と思わないこともなかった。さらに言うと、鉄平君の本心を知りたいという気持ちも強くなっていた。愛するが故に、ハプニングバーに行きたいと思う、その理由を。

そんな風に自分に思いつく限りの言い訳をし、次の週末、鉄平君の誘いを受け入れることにした。

歌舞伎町のゴジラが聳え立つホテルの裏路地に入ると雑居ビルがひとつ。そのビルの地下2階に、ハプニングバーはあった。

お店の名前は、「ｒｅ－ｂｉｒｔｈ」。

「生まれ変わり」を意味するそのお店でオレは信じられない光景を目にすることになるのだが、それはもう少し後の話。


鉄平君とオレは身分証のチェックを済ませ、スマホを受付のスタッフに預けてカップル料金でお店に入った。

受付ではここで名乗るニックネームを決める。

鉄平君は「金太郎」。

オレは「ユマ」。

ちなみに、料金体系は次の通り。

男性が単独で入ると１５０００円。

女性は単独で入ると無料。

カップルで入ると800円。

やはり、女性の性を男性がお金で買うというスタンスは風俗と同じなんやなとオレは思った。そんな料金体系にひとつの疑問がよぎる。

鉄平君はオレを連れてきたことにより、割引料金でこのバーに入ろうとしたんじゃないか？　と。

何やら鉄平君が受付をしてくれたスタッフと話をしている。


「今日ってもえちゃん来てますか？」

「はい、もう来られてますよ」


「リョウコちゃん、実は今日紹介したい女性がいてさ。オレも最近ここのバーで知り合った子なんだけどね、凄い面白い性の価値観を持ってるのよ。きっとリョウコちゃんが新しい世界を見る、いいきっかけになってくれると思うんだよね」

はあ!?　ここで知り合ったってことは、カラダの関係を持った女をオレに紹介する気なんか？　もう色々と自分の価値観や常識外のことが多過ぎて、オレの頭は軽くパニックを起こしていた。

だが、「もえ」という女性の正体を知って、オレはさらにパニックに襲われた。それがここハプニングバーで起きた、信じられない光景の正体である。

店内に進みｂａｒラウンジにたどり着くと、カウンター席でひとりの女性がビールを飲んでいた。

「ユマちゃん、紹介するよ。オレがこの間、ここで出会って意気投合したハプバー友達のもえちゃん」

そう言って鉄平君に紹介されたのは……

あずさやった。

何度、目をこすって見ても、あずさやった。

オレ（アキラ）とセックスをした女性が、オレ（リョウコ）とセックスをした男性と、セックスをしたかも知れない。そんな言葉が、頭の中をエンドレスリピートし、「セックス」という言葉がゲシュタルト崩壊を起こしそうになった。

そうは言っても、リョウコがオレ（アキラ）の妻であることは知らないあずさにとっては、決して、おかしな状況ではない。

「あぁ、金ちゃん久しぶり。この子が金ちゃんの今お気に入りのセフレの女の子ね。初めまして金ちゃんのハプバー友達のもえです。

金ちゃんから話は聞いてるわ。仲良くしてね。

ここではなんて名乗ってるの？」

この〝金ちゃんのセフレ〟という言葉にワタシの心のザワザワはさらに激しさを増した。

「ユ、ユマです。っていうかワタシは、ワタシのいないところでは、金太郎さんのセフレってことになってるんですね」

明らかに気に入らない態度を取るオレ。その様子に気づいた鉄平君が慌ててフォローをした。

「ちょっと、それは誤解、誤解！　セフレなんて一言も言ってないって。

でも〝彼女〟って言い方が適切かどうか分からなかったからもえちゃんには、そう言ったの。正確に言えば、〝今一番どハマりしてる子〟って表現が正解かな？

それとも、〝彼女〟って言ったほうが良かったかな？

ああもう、ちょっともえちゃん！　そんな煽るようなことを言わないでよ」

「ひゃひゃひゃひゃひゃひゃぁーーー!!!

止めて、お腹痛い!!!

面白過ぎてお腹が痛いわよ。

ひゃひゃひゃひゃひゃひゃあーー!!!」

あずさが聞き覚えのある大爆笑を始めた。


「ゴメン、ゴメン。どんな子なのか試したくてちょっと意地悪言っただけよ。

そんなことで腹立てたり拗ねたりするなんてホント可愛い子だね、金ちゃん。

それにしても金ちゃん、散々こないだワタシのこと、〝めっちゃタイプだ〟って口説いてた癖に、ユマさんって、なんだかワタシと全然違うタイプね。

金ちゃんは、結局、こういう女性がタイプなわけ？」

あずさのイタズラにも似た意地悪が続く。ワタシは、鉄平君には気づかれないように、彼を睨みつけた。


「確かに全然違うタイプだよね。でも、オレからするとどっちもタイプなんだよね。

2人とも全然違う良さがあるっていうかなんていうか」

鉄平君のその言葉に、引き続き苛立ちを覚えつつも、〝うわー、その気持ちめっちゃくちゃ分かるわぁ〟と男性としてのオレが、不覚にも共感してしまった。

なぜなら、元々はオレだって、リョウコとあずさの間で揺れ動く、鉄平君と同じ立場やったから。

ところで、男とは、一度自分を好きになった女性は、ずっと自分のことを好きでいてくれると思う馬鹿な生き物。それは女性になったオレとはいえ、例外ではなく。

あずさはオレと会えなくなって寂しいと感じてくれているのだろうか?

音信不通になったオレの連絡を待ってくれていたのだろうか?

と、そんなことが急に気になり始めた。そこで探りを入れることにした。

「もえさんのほうがワタシなんかより、全然お綺麗ですよ。そんなにお綺麗ならプライベートで特別な人っていたりしないんですか?」

さて、この質問にあずさはなんと答えるのだろうか。

「いたんだけどね。この間、フラれちゃったんだよね。実際にはちゃんとフラれてないんだけどさ。

その人、奥さんがいるの。出会った頃は奥さんとセックスレスだった。だから奥さんがいても、気にならなかったんだけどね。

なんか最近奥さんと上手くいってるみたいでさ。本人にはカッコつけてヤキモチを妬いてる素振りなんて見せてないんだけどさ。

結局やっぱり妬いちゃってるんだよね奥さんに。

そんなこと考えてモヤモヤしてた日にさ……」

ん？ 最近、奥さんと上手くいっている？ そんなこと言ったっけな？ と、疑問に思うものの……、
オレにとって、あずさがヤキモチを妬く事実のほうがよっぽど衝撃で、そんな疑問が吹き飛んでしまった。

しかも、あずさの目には涙が溜まっている！

オレの前ではいつも自由愛者の自立した女性の顔を見せてきたあずさ。

そんな女性が、ヤキモチを妬き、涙まで浮かべている。

その事実を目の前に、オレの知っている自由愛者のあずさは、ひょっとするとオレ

に愛されるために被っていた仮面なのかも知れへんと、そんなことが頭をよぎった。

そう思うと、突然、あずさに対する罪悪感がオレを苛んだ。


「なんかユマちゃんが不味いこと、聞いちゃったかな。

でも、この間、オレに話してくれてた自由恋愛に対する考え方もただのハッタリだったってことか。

なあ、もえちゃん。それにしても、なんで今日は急にそんなことを打ち明けてくれたの？

こんなバーで知り合ったオレたちにホントのこと言わなくても良かったのに」

確かに、鉄平君の言う通りや。


「分からないわよ……。でもね、さっきユマちゃんにちょっと意地悪なことを言ったでしょ。その時のユマちゃんのリアクションとか表情を見てたら、なぜかその彼のことを思い出しちゃったのよ。

その人もねユマちゃんみたいにすぐに顔に出るタイプだったから。しかも、なんだか表情もすごく似てるっていうか。そんなわけないのにね」

姿が変わってもオレがオレであることを感じ取ってくれてる様子に、正直嬉しくなった。鉄平君には申し訳ないが、男性だった頃のあずさを好きだった自分が一瞬、顔を出すのだった。

「オレ、もえちゃんの気持ち分かるなぁ。オレも実は同じようなことを今隣にいるユマちゃんに感じてしまうことがあってさ。

セックスすればするほど愛おしいって気持ちが強くなっていくんだ。で、オレのモノにしたいって所有欲求が芽を出すのを感じちゃってさ。

もえちゃんが自分のことを打ち明けてくれたから正直に話すけどさ、オレとユマちゃんは同じ幼稚園に子供を通わす保護者同士なんだよね。だからなんか心にブレーキをかけるためにオレも『自由愛者』を演じてしまっている所もあるのよ。

自由を演じてるのか？　自由を望んでるのか？

スッゲェ、曖昧な時があってさ。

家に帰ったらユマちゃんが旦那さんとセックスしてるかも知れない。

そう思うと、嫉妬しちゃうんだよね。

だからユマちゃんをここに誘ったの。ユマちゃんのことは大好きだけど、ユマちゃんを自分のモノにしたいってエゴを壊すために！

だからもえちゃんの気持ちめっちゃ分かるわ」

「金太郎さん⁉　そうだったの」

そんな風にオレのことを想ってくれていたなんて。やっぱり、鉄平君のことも好き。そう思った。

それにして、すごい状況である。鉄平君もあずさももちろん気づいていないが、目の前にいる2人が話題の中心にしている人物は両方、「オレ」なんやから。

そのせいでオレは変な想像をするのだった。

目の前の2人に、「どっちのほうがあなたにとって大事なの⁉」と聞かれたら、オレは一体、どう答えるだろうかと。

すると、リョウコのカラダがオレに問いかけた。

《アキラさん、「どっちのほうが」って決めようとしてること自体に、変な前提があるんじゃない？　今ワタシはどちらにも触れたいし、触れられたいって感じているのよ。アキラさんも気づいているんじゃない？　2人とも愛おしいって感じていることを。1人の人しか愛しちゃいけない。今、女のカラダだから男の人としか愛し合ったらダメ。そんなのって結局思い込みよ。

今ワタシを通して、あなたが感じていることを信じてみて。

そうね。それこそ、3人で愛し合う経験をするのもいいんじゃない？　アキラさんはきっと今より大切なことに気づけるはずよ』

さ、3人⁉　驚きは隠せなかったが、腑に落ちる部分もあった。

これが、今日初めて会う3人だったら、きっとそんな風には思わなかったが、オレからしてみれば、2人とも信頼できる人間。それに何より、カラダの関係だって両方と持っている。そう考えると一気にハードルは下がった。

さらに言うと、これまでの約2ヵ月。カラダがオレに間違ったことを言ったことがない。

この扉を開けた先に、きっとオレの知らない真実が待っているはず。

そう確信して、オレは勇気を振り絞り、2人にこう提案するのだった。

「あのぉ……お2人の話を聞いてワタシ、思ったんですけど。今日は3人でしませんか？

セックス」

「えっ!? 何言ってんだよユマちゃん。今の話ちゃんと聞いてた？

どう考えても今そんな雰囲気じゃないだろ？」

「ひゃひゃひゃひゃひゃひゃぁーーー!!!

止めて、お腹痛い!!!

面白過ぎてお腹が痛いわよ。

ひゃひゃひゃひゃひゃあーー!!!

ユマちゃん、あなた面白いことを言うわね。

今の話を聞いてなんでそんなことを思いついたの？」

「だって2人の話を聞いてると……、

『誰かを自分のモノにしたいって自分』と『この瞬間、愛しい人と自由に愛し合いたいって自分』の、どっちが本当の自分かを決めなきゃいけないって思ってるんだろうなって感じて。どっちも本当の自分でよくないですか？

少なくともワタシにはどっちの自分も存在してます。だから今この場所に相応しい自分を一緒に楽しむっていうのはどうですか？

3人ともハプニングバーにいる今この瞬間だけは、自分のなりたい自分として愛しい人と思いっきり愛し合う！　これってワタシ的には名案だと思うんですけど」

ワタシの発言に2人は豆鉄砲を食ったような顔をしていた。


「ユマちゃんには一本取られたな。

びっくりしたよ。ユマちゃんがそんな風に考えるなんて」

「そうね、ホントびっくりしたわ。さっき自己紹介した時なんて自由恋愛の自の字も理解できないような様子だったのに。

急にどうしたの？

でもはっきり言ってそれ名案よね」

「でしょ⁉　名案ですよね」

どうやらワタシたち3人の意見は一致したようだ。

鉄平君はスタッフの男性にプレイルームに行くことを伝え、鍵を受け取った。

ワタシたちはそれぞれシャワーを済ませ、プレイルームへと移動したのだった。

畳2畳ぐらいのプレイルーム。部屋全体が鏡張りになっていた。

鏡に映る裸の鉄平君、裸のあずさ、そしてリョウコの姿をした裸のオレ。

その光景を見ただけでオレは不思議と心が解放された。

そんなほのぼのした面持ちのオレにあずさは、

「大切なことを教えてくれてありがとうね、ユマちゃん」

と言葉をかけてくれた。

そして、あずさはオレにキスをした。懐かしい感触。

「オレからもありがとう」という言葉と共に、あずさにキスをされているオレの乳首を鉄平君は舐め始めた。

3人でのセックスはまずはオレをイカせることに焦点がおかれたようや。

2人にカラダを舐め回されながらだんだんとリョウコのカラダが熱を帯びていく。

〘あぁぁぁぁ、アキラさん、気持ち良いわ。

2人から同時にエネルギーを巡らせられると、こんなに凄いのね。

こんなことされたら溶けちゃいそうよ』

リョウコのカラダは、いつもの倍の性エネルギーで自分の中を掻き回されることに歓喜している様子やった。

あずさと鉄平君も時折目が合うと濃厚なキスをする。キスをしながらも2人はオレのカラダを愛撫してくれる。

3人でセックスをしようとも基本は同じ。

しっかり自分と繋がることで相手とも繋がれる。3人が3人とも、3人でしていることへの興奮よりも自分との繋がりを意識しながら触れ合っていく。

どうやらオレたち3人は、思考のスイッチをオフにすることに成功したようや。

オレのアソコをクンニするあずさ。そのあずさのアソコをクンニする鉄平君。

さらに、オレとあずさで鉄平君のペニスを舐め合う。

3人が3人とも、さらに自分と自分のカラダの感覚の深い部分への繋がりを深めていく。

そしてとうとう……、

カラダ全身に気が巡り、熱く硬くなった鉄平君のアソコが、騎乗位で跨るオレの膣の中に入っていく。

あずさはオレと向かい合わせるように、鉄平君の顔に顔面騎乗位の体勢で跨っていた。そんなあずさとオレは、キスをしながら抱き合いお互いのカラダの繋がりを感じ合っていく。


「あぁぁぁぁ、気持ち良いよ。金太郎さん、もえちゃん」

オレは感じたままを声にする。

「ユマちゃんの気持ち良さが、ワタシにもドンドン伝わってくるよ。

それに金ちゃんのクンニ凄いの。

ダメ！　そんな風に舐められたらイッちゃいそう」

鉄平君のアソコから伝わるエネルギーで膨張していくオレのカラダ。

そのカラダのエネルギーを受け止めるあずさ。オレのカラダから伝わるエネルギーと鉄平君からクンニされる快楽によって、恍惚とした表情を浮かべている。

「2人のカラダが感じてるのを凄い感じるよ。もえちゃんもユマちゃんも綺麗だし、可愛いよ」

オレとあずさの中心となり、2人の女性から発せられるエネルギーを受け止め自分のカラダに循環させていく鉄平君。

3人の喘ぎ声が、小さなプレイルームに轟く。


「はぁあぁあぁあぁああ、イクぅぅぅぅ！」

オレたちは同時に絶頂を迎えた。


「凄いわ……。3人でしてるはずなのに、2人でするセックスよりもなんだか意識が内に内に向いていった気がする」

「あぁ、こんな3P、当たり前だけど味わったことないよ」

「金太郎君、もえちゃん、最高だね。この3人でする3P。3人でひとつになれるなんて」

「ユマちゃんがワタシたちに大事なことを教えてくれたからだよ。おかげで凄いスッキリした気持ちでセックスに集中できた」

「ホントにそうだよ。ユマちゃんの言葉に救われちゃったなオレなんか。

誰かを自分のモノにしたいって自分と、
この瞬間、愛しい人と自由に愛し合いたいって自分、
確かにどっちも本当の自分だもんね。

ずっとオレの中でモヤモヤしてたことがスッキリしたよ。これからオレ、もっともっとユマちゃんのことを好きになれそうだよ」

「ワタシも大好きだよ金太郎君。

なんかニックネームで呼び合うのって良いよね。

ワタシ、これからは、『この瞬間、愛しい人と自由に愛し合いたいって自分』をユマって呼ぼうかな。

そして、誰かを自分のモノにしたいって自分は本名で。

そのほうが上手く意識の中で切り替えができそう」

「あっそれ名案ね。ワタシもそうしようかな?」

「ねっ!?　それが良いよ。もえちゃんもそうしようよ」

「うん、そうする。大好きな彼と一緒にいる時は、本名。そうすれば、彼と一緒にい

るその時間は、彼に一途な女の子でいられるもんね」

あずさはまだオレからの連絡を待ってくれている。オレはこの時、そう思っていた。リョウコにバレないようにと、連絡をする時はいつもオレから。

それがオレたちのルールやった。

しかも、その連絡も、恋人らしい会話や、具体的なことは一切言わない。日程を決めたり、場所を決めたり、あくまでも取引先だと言い逃れできるような連絡だけ。

やからリョウコにはカラダが入れ替わった今でも浮気はバレていないはず。

……オレはあくまでそう思っていた。そして、それはこれからも変わらないと。

しかしこの後、自分の置かれた危うい立場に改めて気づかされるのだった。


「それってなんだか男のオレがやると都合の良い奴って言われそうだけど、オレも良いんだよね？　どっちの自分を認めても」

「男も女も関係ないよ」

「じゃあユマちゃんと一緒にここを出たらオレたちは恋人同士ってことだね。

ここに一緒にいるユマちゃんは自由愛者のユマちゃんで、外に出たらオレの彼女の

リ……、
あっ危ない!! 今、名前を言っちゃいそうになった」

「まあ、ワタシたち3人だけなら、名前を教え合っても良いんだけどね。

でも、うっかり本当の名前で呼んじゃって他の人が聞いてたら怖いし、一応ここではニックネームを名乗りましょう。

……ってワタシはこの間、金ちゃんと一緒にここを出たから連絡先も本名も知ってるけどね。

ユマちゃんも良かったら今日ここを出たら、連絡先交換しない？

ワタシ、ユマちゃんとお友達になりたい」

そうあずさに連絡先の交換を提案された瞬間、オレは現実に引き戻された。


不味い!!

リョウコのスマホにあずさの連絡先なんかが登録されてしもたら、万一カラダが元に戻った時、気が気じゃないやないか！ リョウコが、あずさと連絡を取り、そのまま友人関係を続け、「これがワタシの旦那よ」なんて、写真を見せることがあったら……想像するだけで地獄絵図や。

しかし、ひとつだけあずさともこのまま友人関係を続け、リョウコにもバレない方法があることに気がついた。

元に戻らなければいいのだ。

そうすれば鉄平君とだって一緒にいられる。
どちらにせよ、よく考えたら、鉄平君だってリョウコと元々繋がっている。
オレは元に戻ると、とんでもなくややこしい現実が来る扉をすでに何個も開けてしまっていることを改めて実感した。
ただ、リョウコにはなんと説明すれば？

このままリョウコとのセックスを拒み続けて、90日目を迎えるなんて不自然極まりない。

ぐるぐるとああでもない、こうでもないと考えを巡らせていると、リョウコのカラダがオレにこんな提案をした。

『もしセックスを要求してきたらアタシのせいにすれば良いわ。だってアタシもこのままのほうが幸せだからさ。今日の3Pにも超感激したんだから。

それにまた元に戻ってあの頭デッカチとずっと一緒だと思うとゾッとしちゃうわよ。

元々はアタシとアキラさんのカラダとの話し合いで、「そういう可能性もアリ」となってたわけだし。それはあなたたちにも入れ替わった日にちゃんと説明したはずよ。

最高のセックスができなかったら一生入れ替わったまま。そういう前提でチャレンジを始めて、アタシとアキラさんが「元に戻りたくない」っていう結論を導き出すことも想定内の未来だったってことよ』

リョウコのカラダとオレの意見は一致した。

オレは決して元の自分が嫌いなわけではないし、違う誰かに生まれ変わりたいと思ったこともない。ただ、今感じているような幸せは元の自分では味わうことはできへんかった。

男として生きたほうが幸せなのか？　女として生きたほうが幸せなのか？

それは人それぞれや。しかし、女性として2ヵ月以上生きてみて、オレは男性という「性別の箱」に窮屈さを感じていたことに気がついた。

もちろん、男として生きたって、男の殻を破ることは可能や。ただ、リョウコや子供たちと一緒に過ごす時間が多ければ多いほど「オレは男」「オレは男」と呪いのように自分を縛りつけてしまうのだ。


オレはこの時、またもや田舎で小さな中古車店を経営していた父親のことを思い出していた。とても家族想いな父。家族のために父親という役割を精一杯頑張った。それやのに、その努力は1ミリも報われず、母親に捨てられた。

そんな父親の生き方をオレはどこかで否定しながらも、どこかで肯定しようとしている。

報われなかった父親とは真逆の生き方を望む自分と、報われなかった父親と同じ努力をする生き方を自分自身に押し付けようとする自分がいる。

鉄平君やあずさのことを愛おしく、尊いと感じるのは2人が「親の生き方」と「自分の生き方」を完全に切り離すことに成功しているからや。

そんな2人といる時だけやった。報われなかった父親とは真逆の生き方に対して許可が下りるのは。それがオレにとって癒しやった。

先のことなんて分からへん。でも、今感じている幸せを大事にしたい。

オレは決心を固めた。


「もえちゃん、連絡先を交換しよう。ワタシももえちゃんとお友達になりたい。金太郎君、こんなに素敵なお友達を紹介してくれてありがとうね」

「2人が喜んでくれたなら紹介して良かったよ。でも2人で遊んでばっかりで、オレのことを仲間外れにするのだけは止めてくれよな！」

「あれ⁉　今の発言金太郎君、自由愛者らしからぬ発言だよね。ここではちゃんと金太郎君でいてよね」

そのオレの言葉に鉄平君は顔を赤らめた。

「痛いところ突くの止めてよ、ユマちゃん。本性である超メンヘラ男なのが、バレちゃうじゃん。ここではクールな自由愛者を気取ってるのに！」

「ひゃひゃひゃひゃひゃぁーーー!!!

止めて、お腹痛い!!!

面白過ぎてお腹が痛いわよ。

ひゃひゃひゃひゃひゃひゃあーー!!!

2人ともホント面白いよね、最高」

それぞれ多少の価値観の違いはあれどオレたち3人は似たもの同士なんだ。

この男女3人の平和な三角関係がこの日生まれた。そのことが、この後のリョウコとオレの夫婦関係にももちろん大きな影響を与えるのであった。

DAY 77

女性にしか味わえない幸せ

「ねぇ、そろそろセックスしてみない？」

子供たちが寝静まったことを確認したワタシは、リビングのソファでくつろいでいたアキラに対し、勇気を振り絞ってセックスに誘ってみた。もしも今日そのまぐわいが現実になった場合、ワタシたち夫婦にとって1ヵ月以上ぶりのセックスとなる。カラダが入れ替わって、今日で77日目。いよいよ約束の90日目まで残された時間が迫っている。そのことにワタシはずっと焦りを感じていた。

それなのに、ワタシの姿で毎日をご機嫌そうに過ごすアキラ。その様子からは、そういった焦りが全く見られない。一体、アキラは何を考えているのだろうか。

今日のお誘いは、そんな不思議さを問いただす目的もあった。

アキラから返ってきたのは、なんとも意外な答えだった。

「そのことなんやけどな。オレもそろそろ自分の本心をリョウコに話さないといけないと思ってた。単刀直入に言うと……」

言いづらそうにしている様子から鑑みるに良い話ではなさそうだ。

「オレは元に戻りたいとは思ってないねん」

やはり予想的中。まさかの言葉に絶句しかけたが、なんとか冷静を装い詰め寄った。

「えっ⁉　どういうこと？　頭おかしくなったの？　元に戻らなかったら一生女性として生きていくことになるのよ？　あなたもしかして、そっちに目覚めちゃった？」

「そうじゃない。ええか、冷静に聞いてくれ。オレは女として生きたいわけじゃない。

オレは男に戻りたくないねん」

「はあ？　男に戻りたくないですって⁉　それどういうことなのよ。全く意味が分からないわよ。やっぱりそれって、性同一性障害の人がよく言うやつじゃない。自分の性別に違和感感じるって。

あなた、35歳まで男として普通に生きてきて、ワタシと結婚して、子供まで2人も作って今さら何を言ってんのよ！

っていうかそのカラダはあなたのモノじゃないわ！　ワタシのモノ！

ちょっとの間入れ替わったからって勝手に自分のモノにしないでよ！」

予想外のアキラの言葉に動揺していると、諭すような声で、ワタシのカラダが話し始めるのだった。


〘いいえ、それはアナタの思い上がりよリョウコちゃん。

これはアキラさんだけの意志ではないの。

ワタシとアキラさんが一緒に過ごしてきた中で出した最後の結論なの。

ワタシは入れ替わってからのこの77日間、信じられないぐらい幸せだったわ。

そしてこれからもアキラさんとずっと一緒に生きていきたいと思ったの!!　ホントにただそれだけなの』

「そういうことやねん、リョウコ。なんとか分かって欲しい。っていうかリョウコはどうやった？　逆にオレとして過ごしたこの77日間。そんなに不幸せやったのか？　好きな仕事には思う存分打ち込めるし、家のこととほどよい距離が取れるし、悪いことばかりじゃなかったはずや。

それに、なんだかリョウコも前よりイキイキしているように見えたけど……、それって、オレの勝手な思い込みかな？」

「はい、そうですか！　じゃあ、このまま生きていきましょう」なんて言えるわけがなかった。ただ、そう言われると反論するのが難しいぐらい、確かにアキラとして過ごしてきたこの77日間は充実感があったことも事実だ。

それは何より「夢を持って働くこと」の喜びを味わえたから。

「日本一起業家の個性を活かすデザイン事務所を創る」という夢を持って働くアキラに惚れたワタシ。そんな憧れのアキラ自身を体験できたのだ。そんなの楽しくないわけがない。それに、女性としての幸せを勘違いしていたワタシもいた。

子供たちの育児をしながらずっと家にいたワタシ。

夫の仕事をサポートするワタシ。

それが女性らしい生き方だと思っていた。最高の人生だとも。

でも、アキラとして生きるうちに、そんな女性と生きている自分に無理があったことに気がついた。本心では「社会」という表舞台に立ちたいと、そう思っていたのだ。

ではなぜそんなに重要な自分の本心に気づかなかったのかと言えば、それは完全に、「女性は男性に養われることが最高の幸せ」と母親に刷り込まれたせいだ。

その刷り込みが自分自身に夢を見ることを諦めさせていたのである。

そういった諸々を考えてみると、今アキラが提案してきていることは決してネガティブな提案ではないのかもしれない……。


《水をさすようで悪いけどなリョウコちゃん。

ワシはリョウコちゃんとずっと一緒でもかまへんで。

そりゃ入れ替わったばかりの頃のリョウコちゃんはツッコミどころ満載でカラダに追い出されても仕方ないわ!! って思うことばっかりやった。

やけど、一緒に過ごした77日間、ワシはリョウコちゃんの頑張りにいっぱい感動したで。

せやからそないネガティブに解釈せんかてええんちゃうか?』

アキラのカラダまで! ただ、アキラのカラダにそう言われて嬉しくもあった。セックスレスだった相手のカラダから、「好き」と言われたようで。

それに会話だって、ワタシのカラダとするより、アキラのカラダとのほうがずっと盛り上がるのである。

しかし、やっぱり「はい、そうですか! じゃあ、このまま生きていきましょう」とは簡単に答えは出せない。それに、カラダがそのままでいるかどうかよりも重要な質問も残っていた。これからワタシたちの関係は夫婦のままなのかどうかだ。

「いいえ、思い込みじゃないわ。あなたの言う通り、前川日明として過ごしたこの77日間はワタシにとっても、楽しかったし幸せな時間だったわ。

むしろ元に戻らなきゃっていう思い込みがあったから苦しく感じた時間もあった。アキラや、カラダさんが言う通り、そもそも元に戻らないほうが幸せっていう可能性もある。

でもね、そんなことよりひとつだけ確認させて欲しいの。

入れ替わったまま生きていくとして、ワタシたち夫婦の関係はどうなるのかしら?」

「それはもちろん夫婦のままに決まってるやん。

別にオレはリョウコの思考が嫌いなんて一言も言ってへん。人生を共にするパートナーとして大事な存在や。

それに子供たちのこともそう。

お互いの親のこともそう。

仕事だってそうや。

夫婦として過ごしていく必要性だってたくさんあるやろ?

夫婦のままいられたら、オレはリョウコの姿で義理の娘として自分の父親に会いに行くことができるし、それは逆も然りやと思うねん」

驚いた。アキラがすでにそんなことまで具体的に考えていることに。どうやら本気のようだ。

「分かったわ。でもまだ元に戻れる可能性がある期間があと10日以上あるわよね。だからもう少しだけワタシにも真剣に考えさせて欲しい」

アキラがそこまで本気ならと、ワタシは「ステイ」を選択することにした。しかし、ステイをするにしてももうひとつだけどうしても確認しておきたいことがあった。

「入れ替わってもやっぱりワタシとはセックスする気になれないの？　夫婦としてやっていくというのはセックスはしないって前提なの？」

「それも話しておきたかったんやけど、今オレたちがしようとしていたセックスって〝元に戻るため〟でしかなかったよな。つまり、１００％、目的を果たすためのセックスや。

それはオレは違うと思うねん。セックスに物理的な目的がある時点で〝最高のセックス〟にはなるわけないから。

でもな、逆にお互い〝元に戻ること〟を諦めてからするセックスは全然意味が違うと思うねん。

せやから、そん時お互いがしたいと思えたらしたらええって思うんやけど……、どうかな？」

アキラはもっともらしいことを言った。もちろん少し安心した自分もいた。アキラがワタシのことを大事に思っているということに。

しかし、ステイした結果、「やっぱり女性として生きたい！」と思った場合はどうすれば良いのだろうか？

そこでワタシは思ったことを率直にぶつけるのだった。


「アキラの言いぶりだと、アキラの中では元に戻る可能性は0％のようなんだけど、やっぱりワタシが元に戻りたいって言ったらどうするつもりだったの？

ワタシの意志は全く尊重される余地はないの？」

「いやそんなことはない。もちろんリョウコがやっぱりどうしても元の姿に戻りたいって言ってくることも考えた。

せやから、そうなったら、あと1回だけは頑張ってみようって。そう思ってた。

ただし1回だけや。その1回のセックスでやっぱりオレたちセックスが合わないってなれば……、
その時は諦めて欲しいねん。潔く、アキラとして人生を歩んで欲しい」

「あと1回だけ……。その1回のセックスでこれからの一生に関わる判断をするってわけね」

「そう、オレも逆にもしその最後の1回のセックスが感動的なセックスだったとしたら、また男として生きていくことを覚悟するよ。

なんやったら今からその1回をやってええねんで。さっきまでリョウコもやる気みたいやったし」

馬鹿を言ってもらったら困る。こんな話を聞かされたのだ。そんないやらしい気持ちはとうに空の彼方へと飛んでいってしまっている。


これからの人生を、男として生きていくのか？　女として生きていくのか？

とんでもないことを選択する時がやってきた。

この77日間は楽しかったけれど、だからと言って、これから一生男として生きていく覚悟をすぐにワタシは持つことができなかった。


ワタシはこの話し合いをした次の日、会社に2週間の休暇届けを提出した。

女性としてやり残したことはないのか？

元の自分じゃないとできないことは残ってはいないのか？

そんなことと真剣に向き合うために。

これまで有給休暇を消化せずに働きづめだったこと。

タイミングよく、大きなプロジェクトが控えていないこと。

それらのことを鑑み、案外、スルッと会社からはOKが下りた。


ワタシは、アキラに子供たちをお願いし、千葉にある実家に向かっていた。両親に会うためだ。

もちろんアキラだけで実家に行くなんて怪し過ぎるから、「出張で近くに行くのでご挨拶がてら」と体のいい嘘をついて。

自分の生まれ育った家で、確認したいことがあったのだ。


「お義母さんお久しぶりです。これ、つまらないものですが良かったら召し上がって下さい」

ワタシが母に渡したのは、母の好物のユーハイムのバームクーヘン。

「あら、ワタシの好きなバームクーヘン。リョウコに聞いてくれたの？　気を遣わせてゴメンなさいね。

それに珍しいわね。アキラさんが1人で遊びに来てくださるなんて。

でも嬉しいわ。さぁさぁ上がって下さい」

ウチの母も父もアキラのことは、とても気に入っていた。

その一番の理由は、娘であるワタシが外に働きに出なくてもいいようにしてくれていること。共働きの夫婦よりも、妻が専業主婦の夫婦のほうが、男に甲斐性があっていい。そんな古い考え方をワタシの両親は大事にしていたからだ。

それにしても客人として自分の実家に案内されるのは変な気分だった。いつもなら真っ先に自分の部屋に荷物を置きに行くのだけど、この日は案内されるままにリビングへと向かった。

「アキラさん、最近リョウコとは上手くいってるの？　あの娘、お父さんに似て融通が利かない性格してるでしょ？　アキラさん苦労してない？」

この言葉の通り、母からワタシは融通が利かない頑固な娘だと常に言われていた。それはきっと、高校から大学に進学する時の進路について、母とワタシで意見が食い違ったからだ。

ワタシはデザインの勉強がしたいからと東京の芸大に進学を希望した。しかし、母は「女が手に職をつけると婚期を逃す」と猛反対していた。

ただワタシは、そんな母の言葉を振り切って、自分の意志を貫いた。そのことをきっと母は今でも恨んでいるのだ。

母はワタシを育てながら、ずっと自宅近くの街工場で事務の仕事をしていた。やりたくもない仕事を甲斐性のない父親のせいでさせられている。

そのせいか、「専業主婦が羨ましい」が母の口癖だった。

ワタシはそんなことを言う母が大嫌いだった。だから、「お母さんみたいな女性にはなるまい」と、デザインの仕事に就いたのだ。

「苦労？　そんなことないですよ。リョウコはいっつも柔軟です。

仕事もできて、家事も育児も完璧で、それに近所付き合いや幼稚園でのママ友との付き合いも上手です。

何よりオレにとっていつまでも可愛い妻ですし」

ワタシは母に当てつけを言うかのように元のワタシを褒め称えた。

〝ワタシはあなたのように夫の不満ばかりを言うのが役割のような嫌な妻ではないんですよ〟と面と向かって憎まれ口を叩きたいぐらいだった。

でも今のこの姿ではそれはもうできない。


「まぁ、アキラさんったら。口が上手いんだから。本当、あの子はアキラさんと結婚できて幸せものね」

きっとここにワタシがいたら、「アキラさんったら評価が甘い。あんまり甘やかしちゃダメよ。この子すぐに調子に乗るんだから」と憎まれ口を叩かれていたに違いない。

そんな毒々しい母はここにはいない。

これからもきっとそうだろう。物理的には母に会えたとしても、アキラとして接する母は、ワタシの大嫌いで、結局のところは大好きな母ではないのだ。

その後もワタシは母を義母としてしか扱うことを許されない時間を過ごした。時間にして、1時間半。

実はたったそれだけの時間だったけれど、ワタシが確認したかったことはこれでもう充分に達成できていた。

アキラからの提案があって以来、どちらの自分で生きていこうかと何度も自問自答していた。しかし、やはり気持ちは「元に戻るほう」へと向いていたのである。それが母との会話の中でよりはっきりした。


「お義母さん、ありがとうございます。それじゃあオレ、そろそろ仕事に戻りますね」

「そう、アキラさん、今日は遊びに来てくれてありがとうね。

今日本当は何かリョウコのことで相談したかったんじゃないの？　なんか言いそびれちゃったんじゃないの？

言いにくいこともあると思うけど遠慮なくワタシに相談しに来てね。

そしてこれからもリョウコのことをよろしくお願いします。

あの子、全然1人では帰って来ないんだから。アキラさんからも、もう少し顔出すように言ってやって下さい」


恐らくワタシがこのままアキラとして生きていくとしたらだ。母が言うように、ワタシの姿をしたアキラがこの家に1人で遊びに来ることは一生ないだろう。

家族揃って、もしくは夫婦揃って。

「無事に今まで通り娘は生きてます」と安心させるための目的で一緒に過ごすことしかできなくなる。

そう思うとワタシはまた元の自分に戻ることに対する執着が深まった。

そんなワタシは玄関先まで見送ってくれた母親に実の娘としての言葉を送った。

「あっ、お義母さん、リョウコからひとつ伝言を頼まれていたのを思い出しました」

「あら？　伝言って何かしら」

「〝あんまりお父さんの愚痴ばっかり言ってるといつかバチが当たるよ〟だそうです」

その伝言に母は驚くと同時に顔を赤らめた。

「もう!!　あの子ったら。そんな伝言をアキラさんに頼むなんて、本当に捻くれているわね。じゃあワタシからも伝言をお願いします。〝そういうことは面と向かって言いに来なさい〟って」

「分かりました。ちゃんとリョウコに伝えておきます」

まあ、今まさにワタシは面と向かって言ってるのだけどな！　と思いつつ、ワタシはそう言い残し、笑顔で実家を後にした。

あんなに煩わしいと感じていた母親との関係。それでもいざ手放すかもしれないとなると、こんなにも寂しいと感じることにワタシは驚いていた。

やはり、このまま母との愚かな感情のぶつかり合いでさえも手放すわけにはいかないと、そう思った。

だからと言って、もちろんアキラとして生きていくことを選択肢から排除したわけでもない。実家から帰ったその2日後。ワタシは他にもどうしても確認しておきたいことがあり、とある場所を訪れていた。

新宿で有名な女装サロン「REAL」である。

テレビで芸能人が女装をする企画などの際には、ほとんどと言っていいほど「撮影協力」で紹介される、東京で最も有名な女装サロンだった。

ワタシはどうしても女性の気分を味わいたい時のために、アキラの姿で女装が似合うかどうかを確認しておきたかったのだ。

アキラは身長が170㎝で体重が62㎏。決して男性としては大柄なわけではない。かと言って女性としては小柄なほうでもない。

学生時代レスリング部だったアキラは肩幅も広く、脱げばかなりたくましさの余韻を残したカラダつきをしている。

ワタシは女装サロンを訪れる前日、リョウコとして生きていた頃に好きだったブランドの洋服を数着、購入した。

もちろんそれは今まで着ていた自分の服では絶対に袖が通らないからだ。

「18時で予約してました前川です」

「お待ちしておりました、前川さま。女装は普段からされておりますか？　それとも初めてですか？」

「は、はい」

〃女装は初めてだけど、女性は初めてではないです〃と伝えそうになって、ワタシはすっきりしない返事をした。

受付を担当してくれたのは、高橋メアリージュンにソックリな化粧映えをするモデル体型の女性だった。

しかし、その女性の声に何やら男性っぽさを感じたワタシ。

「もしかして、この人も女装だったりして！」と、怪訝そうにお姉さんの顔を見つめていると……、
その空気に気づいたのだろう、本性を明かしてくれるのだった。

「あっ、声でバレますよね。ワタシこう見えて男なんです。ビックリして貰えましたか？」

ビックリするも何も、こんな綺麗な人が男だなんて！　ワタシはその言葉を聞いて

もなお、信じられなかった。

「すいません、あまりにも綺麗で見惚れちゃって」

「あら、嬉しいことを言って下さるんですね。

でもワタシを褒めても何も出てこないですよ。

申し遅れましたがワタシは今日メイクが終わられてからの撮影を担当しますカメラマンのユナです。

っていうか前川さん、相当女装に憧れてたんですね！　初めてとは思えないぐらい沢山お洋服買って来られてるので。

もちろん後でゆっくりお着替えを楽しんで貰う時間を取りますので、まずはシャワーのお部屋へどうぞ。髭やムダ毛を落として貰って、最初に着たいお洋服に着替えてきてください」


そりゃそうだ。初めての女装にしては似合うかどうかを確かめたい洋服が多過ぎる。なんせ80日ぶりに女性の格好ができるのだ。着たい服が満載なのである。

何から試そうか悩んだ挙句、まずは無難にリブニット素材のモノトーンカラーのロングワンピースで女装にチャレンジをすることにした。

このワンピースのカタチなら、きっとアキラの男らしいボディラインを隠すことができるだろう。そう思ったのだ。


ユナさんに案内された通り、ワタシはそのワンピースとドン・キホーテで買った下着を片手に抱え、シャワー室で髭やムダ毛を落とした。

男にしてはそんなに毛深くはないアキラのカラダは、5枚刃のカミソリを使えばあっという間にツルツルになってくれた。


シャワー室から出て、ブラジャーの締め付けやパンティの食い込みを感じた時、なんだか懐かしい感覚が蘇った。

なんせこの80日間、ボクサーブリーフ1枚で過ごしてきたのだ。

伸縮性がバツグンのリブニット素材のワンピースに袖を通し、ワタシはユナさんの元へと戻るのだった。

メイクルームは大きな鏡と1人がけの座り心地の良さそうなソファーがひとつ置い

てあるだけのお部屋だった。

完全プライベート美容室といったところである。

「本日メイクの担当をさせていただく岡村と申します。よろしくお願いします。どうぞこちらにおかけになって下さい♪

あっ、念のためお伝えしておきますが、ワタシは正真正銘の女性です。お見知りおきを。

それにしても素敵なワンピースを選ばれたんですね。初めての女装なのに凄いセンスが良いです♪」

何年、女性をやっているると思っているんじゃい！　だった。

「今日ってこんなお顔に仕上げたい！　みたいなイメージってあります？　自分の中の理想の女性像みたいなモノとかあったら最初に教えて欲しいです♪」

ワタシは、メイク担当の岡村さんにそう聞かれて、１枚の写真を手渡した。

リョウコの写真である。

そう、元々ワタシだったワタシの写真ということだ。

「わぁ可愛い女性ですね。女子アナにいそうな雰囲気♪

田中みな実さんに雰囲気似てますよね。これどなたなんですか？」

「実はオレの奥さんなんです」

「えぇぇ!! 素敵です。たまにいらっしゃいますけどね、自分の彼女とか奥さんみたいになりたいって方♪

でもそういう方は羨ましいなって思います。

だって自分がなりたいって思えるぐらい好きな女性が奥さんだったり、彼女さんだったりするわけだから♪」

なりたい事情はそういう男性たちとワタシとでは、あまりにかけ離れていることは想像に容易い。しかし、今日はそんな複雑な事情は抜きに女装を楽しもうとワタシは思った。

「お気づきかどうかは分かりませんが、前川さんと奥さまって、実は部分的に似ているパーツがいっぱいあるんです。

パッと見ると顔の系統が全然違うように思えるかも知れませんが。特に、鼻のカタチとか口元とかなんてまさに♪

メイクで一番変えられるのって目なんですよね。だから、前川さんの一重で重たい感じさえメイクでなんとかすれば、結構似た感じの雰囲気に仕上げることができそうですよ♪」

そんなことを言われたのは初めてだった。まさか、ワタシとアキラが似ているだなんて。ますます完成への期待は膨らんだ。

ところで、男性の顔を女性の顔に変えるためのメイクは、ワタシが知ってるメイクの知識とはまるで違うものだった。

下地ができると、眉毛、アイシャドウ、アイライナー、チーク、リップの順番でみるみるうちに顔が仕上がっていく。

最後は元のワタシの髪型に一番近いフリルカールのミディアムウィッグを用意してくれた。

「はい、これで完成ですよ。前川さん。めちゃくちゃ可愛く仕上がりましたよ♪」

そう言いながら岡村さんにウィッグを被せて貰った。

ワタシは目の前の鏡に映るその姿に驚き、そして感動した。


リョウコだ！

そう思った。


女装を楽しめるかどうかぐらいの軽い気持ちでここにやってきたはずなのに。

ワタシはひょんなことから、カラダが元に戻る擬似体験を果たすことになったのだ。

ワタシはただワタシでいられることに感動して、涙が止まらなかった。

ダメだ。アキラのままでいる可能性を探るために訪れたはずのこの場所で、余計にワタシはワタシに戻りたくなっている。

やっぱりワタシは、元に戻りたいんだ！

そう確信した。


『リョウコちゃん、無理せんかてええ。自分の感じたままでええんや。

今感じてるその気持ちを大事にしたらええんや。

明日あたり体調も万全な状態でラスト1回のセックスチャンスに挑んだらええやん。

あずさちゃんにバッチリとレッスンして貰ったんや。

早漏の改善もできたことやし、心配せんでええ。大丈夫や!!』

アキラのカラダもワタシの今の感情に寄り添うように言葉をかけてくれた。


「前川さん、泣かないでください！　メイクが取れちゃいます！

でも、そんなに喜んで貰えて嬉しいです♪

どうですか？　奥さまに似せられたんじゃないですかね？　もちろん身長とか体型とかは違うかも知れないけど、顔は結構ソックリレベルかと♪」

「ありがとうございます。

正直こんなにソックリに仕上げて貰えるなんて驚いています。

やっぱりプロは違いますね。本当に感動してます」

「そう言って貰えると光栄です。この後向こうのスタジオスペースでユナちゃんが写真を撮ってくれます。

ご持参いただいた洋服以外にもウチのサロンに置いてある服で着てみたいものがあったらジャンジャンお試しくださいね♪」


こうして、撮影やお着替えを楽しんだワタシ。

それでもやっぱり元の男性の自分に戻りたくなくてオプションの〝3時間お出かけコース〟をお願いした。

スタジオ「REAL」では、26㎝を超える大きなサイズの可愛い靴が沢山用意されている。ワタシは大好きなマスタード色のパンプスを借りて、新宿の街を闊歩することにした。

女装をした男性として外に出るのはドキドキしたけれど、元が女性のワタシからすれば女性らしく見えるように歩いたり振る舞うのなんて容易いことだった。

調子に乗ったワタシは、せっかく女装なんだし！　とフォトジェニックな空間と親和性を求めて、新宿3丁目へと向かった。


その時、事件は起こった。


ネオンがキラキラと輝く約50メートル先のビルのほうから、見覚えのある男女がこちらに向かって歩いてくる。

1人は未来の同級生の陸斗君パパ。

その隣にいるのはなんと、あずささんだった。

ヤバイ!!　陸斗君パパはアキラと顔を合わせたことはないから大丈夫だとして、あずささんに関しては女装して歩いているなんて所がバレたらアキラの名誉にも関わる。

ワタシは2人との遭遇を回避するため、マスタード色のパンプスを180度回転させ、逆方向へと逃げ去ろうとした。

しかし次の瞬間である。


「おーい、リョーウコちゃーん！　何やってんのぉ♡」

あずさに呼び止められた。

逃げようと思ったのに……バレてしまった……。


ん？　ちょっと待てよ。リョウコちゃん？

ワタシはアキラだけど？

そんなに似ていると言うのか？　しかしなぜだ、なぜあずささんが不倫相手の奥さんであるワタシの名前を知っているのだろうか。

しかも呼び方から察するに超親しげだ。

すると、陸斗君パパがワタシの顔をまじまじ見た後、間に入ってきた。

「ちょ、あずさちゃん！　人違いだよ！　確かにリョウコちゃんに似てるけどさ！」

そう言って、あずささんの口元で、「ほらよく見て。男性じゃん」と囁いているのが聞こえた。

陸斗君パパまでリョウコちゃん呼ばわり。

もう訳が分からなかった。

アキラは入れ替わったワタシのカラダで一体、何をしていると言うのだろうか。しかし、そんなことを考える間もなく、次なる緊急事態が押し寄せた。

「あぁ、本当だわ！　そう言われたらそうね。でも顔だけ見たらやっぱり、リョウコちゃんにソックリ！

面白いから写真撮ってリョウコちゃんに送ってあげない⁉」

一緒に写真を撮るなんて言語道断だ。繋がっている様子を鑑みるに、この後すぐアキラに送られるに決まっている。

もうワタシは、何が不味くて何が不味くないのか？　正直訳が分からなかった。分かったのは、ウィッグの中で汗がぐっちょりと湧き出ていることだけである。

「ダメです‼　女装してることが誰かにバレちゃうと不味いんで！　写真はお断りです！」

ワタシは、なんとかその場を逃げ切ろうと思わず地声でそう叫んだ。

するとその声を聞いたあずさの顔が真顔に変わった。

「……アキラ君？　その声ってアキラ君じゃない？」

終わった。

こんなことなら、一か八か写真を撮って、そそくさと逃げれば良かった。それで、アキラには「女装？　なんでワタシが女装を？　そんなのするわけないじゃん！」と言い張れば良かった。

焦るワタシをよそにあずささんは、引き続きワタシの顔を覗き込んだ。

「わぁ‼　やっぱりアキラ君⁉　アキラ君じゃん。何してるの？　女装なんかして。しかもなんでリョウコちゃんとソックリなわけ⁉」

「あずさちゃん、アキラ君って誰なの⁉」

陸斗君パパが事態をさらにややこしくしようとしている。


「いつも話しているワタシの大好きな彼よ。彼！」

「なんであずさちゃんの彼が女装してリョウコちゃんソックリになるわけ⁉　訳分かんないだけど！」

それはこっちのセリフだ。

アキラになったリョウコのワタシが、ワタシそっくりに女装して、その上、リョウコなのか、アキラなのかで騒がれているのだ。

あべこべが過ぎる状況である。

それにしても、やはり事の経緯が飲み込めないでいた。

アキラの彼女であるあずささんは、なぜリョウコという存在を知っているのか？

そして、なぜ幼稚園のパパ友でしかない陸斗君パパは、リョウコと親しげなのか？

ただ、このまま逃げたらアキラまでこの状況に巻き込んでしまい、最後のセックスチャンスどころでなくなる可能性だって否定できない。そんなのごめんだ。

全ては今夜中に精算すべき。そう思ったワタシは、あずささんと、陸斗君パパを連れ、近くのルノアールへと入った。

そして、ひとつずつ2人へ、慎重に状況を打ち明けた。

「えぇーーーーー!!　リョウコちゃんとアキラ君は夫婦だったの!?」

あずさは空いた口が塞がらないといった具合に、茫然としていた。

「うそーーーーー!!　あずさちゃんの彼氏が、リョウコちゃんの旦那さん!?」

陸斗君パパも驚きを隠せず、コーヒーを持つ手がプルプル震えていた。

それからも2人との会話は続いたのだが、やはり、「入れ替わったこと」を説明しない限り、結局このテーブルで繰り広げられる会話は辻褄が合わない。

結局、どんな展開になろうが、アキラに今日の出来事を話される未来しか見えなかった。

諦めのついた女というのは、大胆な行動に出るものだ。

この状況を丸く収めるために、ワタシはとうとう、ワタシとアキラの秘密を2人に打ち明けるのだった。

そう、約2ヵ月半前、入れ替わったことを。そして、制限時間が迫っていることを。

「えっ!? そんな映画みたいなことってあるんですか!? まだ信じられない。じゃあワタシがアキラ君の不倫相手だということを知って、あなたはワタシに会いに来たってことですか?

信じられない。しかもそれでセックスまでするなんて……。

思い返せば早漏の相談をしにきた時はおかしいなって思った。なんだか別人みたいだったし。でも、事情を聞いてみて納得したわ。

今スッゴイ複雑な気分なんですけど。

とりあえずこの状況は……ワタシ、謝らないといけないですよね?」

「いやいや、もうそれは良いんです。コチラも騙すようなことをしてすみません。不思議なんですけどワタシも、あずささんのことを好きになりそうになっていたし。

アキラがワタシよりもあずささんに夢中なる理由も分かるなって。

この80日間、あずささんには色んなことを教わりました。感謝しかありません」

「なんて嬉しいことを。リアルリョウコちゃんもホントにいい子なんですね。

良かった！　不倫のことで修羅場にならなくて！」

どうやらあずささんは納得してくれたようだ。しかし、もう1人、ワタシには解明しなくてはいけない問題が残っている。

陸斗君パパとアキラの関係性についてだ。


「でもそれだとオレが今凄い複雑なんだけど。

だって、オレがずっと愛していたリョウコちゃんは、つまりリョウコちゃんの姿をした未来君パパだったってこと？

じゃあオレは堂々と旦那さんの前で奥さんを口説いた大馬鹿野郎じゃないですか？」

早速、陸斗君パパが口を滑らせたようだ。どうやら、陸斗君パパとアキラはできているようである（あいつめ……）。

もちろん怒り心頭ではあった。しかし、幼稚園での今後の付き合いもあるし、さらに言うと、カオスな状況過ぎて、貞操観念が狂いまくっていたため、なぜか冷静な自分もいた。

「えっ!? 陸斗君パパとアキラはそういう関係なんですか？」

「その言い方止めてよ。未来君ママ、オレが好きになったのはあなたなんだから。前からずっといいなぁって思ってて。入れ替わって中身が旦那さんになってるなんて知らずにね」

ますます混迷を極めている。

もう、人物相関図にするには矢印がややこし過ぎて、きっとこれが映画なら、「実写化、不可能！」との謳い文句がつくことだろう。

兎にも角にも幼稚園のパパとママが堂々と不倫関係に陥るなんて！ そこも怒りポイントである。

「幼稚園の保護者の間で噂が広まったりしたらどうするつもりだったんですか！」

「すいません。その辺りのことはちゃんとしてました。幼稚園の送り迎えで顔を合わす時は絶対親しい素振りを見せないようにしてましたし、会う時も絶対周りの保護者の目に触れないように気を配って会ってましたから」

「それを聞いてちょっと安心しまし……

ってならないですからね!!

でもアキラと陸斗君パパは本気の恋をしていたってことなんですよね?」

「だからその言い方されるとなんかオレ嫌なんですけど。でも考えてみたら精神的には男同士で恋をしたってことになるのか」

「あと最後にひとつだけ聞きたいんですけど……」

もちろんもっと根掘り葉掘りアキラと陸斗君パパとの関係を聞きたかった。

しかし、限られた時間の中で、もっとはっきりしておかなければいけない問題があったのである。

「熱愛しているワタシの姿をしたアキラと陸斗君パパとあずささんはどこで出会った

わけですか？　普通に考えたら接点なんてどこにもないような……」

そう、3人の馴れ初めである。


「それはね……言いづらいんですが、ハプニングバーです。

ワタシは元々はそんなお店に行くタイプじゃなかったけど、ほらアキラ君の姿をしたリョウコちゃんが、〝もう1回夫婦でセックスをするために最高のセックスを教えてくれ〟って言ってきたじゃない!?

あの時はカッコつけたことを言ったけど、本当はワタシの中で凄いショックでね。

それであの日の夜、ホテルの近くのハプニングバーに飲みに行ったのよ。

そこで知り合ったのがあなたが陸斗君パパと呼ぶ、鉄ちゃん。その鉄ちゃんが違う日にリョウコちゃんの姿をしたアキラ君を連れてきた。

それでワタシたちは知り合ったんです。

今思うとビックリしただろうねアキラ君も。自分の彼女を自分の彼氏に紹介されたんだからさ」

多分、ワタシがロボットなら、ここで完全に回路がショートし、煙を上げていたはずだ。それくらいワタシの頭の中には、盆と正月と文化祭と体育祭とが同時に襲ってきているようだった。

しかし、そこにあずさの言葉で、さらに子供の夏休みと冬休みが押し寄せるような気分になった。

「もうここまで話して隠しても仕方ないからぶっちゃけて言うけど、ワタシたちそこで3Pしました。それからここ最近ちょくちょく3人でも会うようになって」

それも最っ高のやつ。

TKO。

誰か、タオルを投げてください。

そう思い、審判を探したのだけど、やはりルノアールにそんな人物がいるわけなく……。

しかし、3Pはともかく、あの自由を愛するあずささんにヤキモチを妬くような側面があっただなんて。

驚きである。


「ワタシ、あずささんは、出家をして悟りでも開いているような女性だと思い込んでました。だから、なんだか少しだけホッとしました。

で、でも現実は受け入れたくありませんが、今の話で全部が繋がりました」

そう、2人のハプニングバーでの出来事やそれからあったあれこれを聞いて、アキラがなぜ「元に戻りたくない」と言ってるのか、その理由が全て分かった気がした。要するに、元の自分でいるより今のワタシの自分でいるほうが自由で幸せなのだ。

そんなふうに思いにふけっていると、あずささんが、話題を元に戻した。


「で、結局、元の自分に戻りたいリョウコちゃんは女装をして自分に変身してみたってわけ⁉　面白い発想ね。

しかも偶然にもソックリなんて！　化粧を落としたら全然違う顔してるのにね。

アイプチしてつけまつげしたらアキラ君の顔も全然違う顔になるのね。興味深い」

「女装サロンのメイクさんの技術が凄いんだと思います。自分ではこんな風にできないです。

普通のメイクというより特殊メイクに近いのかも知れないです」

「ホントに凄い可愛いです。カラダが男って分かってても、そんなに可愛いなら変な気起こしちゃうかもな」

陸斗君パパのイメージが全て壊れていく。幼稚園に子供を通わせるパパと言えど、結局は「男」なのだ。


「でもやっぱり女性に戻れないリョウコちゃんからすると、女装するだけじゃ気は済まないわよね。

いくら自分ソックリだったとしても。

ただ、2人が元に戻るためにはまずはアキラ君が〝リョウコちゃんに抱かれたい〟って思わないとダメってことだよね。

だって最高のセックスをしなきゃいけないんだから!」

「確かに元の自分に戻りたいのに、戻れないってそれは辛いよね。何か良い方法があれば良いんだけどな」

あずささんも陸斗君パパもワタシが元に戻れる方法を真剣に一緒に考えてくれた。

この時偶然にもこの3人がここで出会った。そして、各々が各々の秘密を打ち明け合い話をした。

そのことが元に戻ることが絶望的だったワタシの未来を変えていくきっかけになるのだった。

DAY 88

心眼でまぐわうセックス

「元の自分に戻りたくない」

そのことをリョウコに伝えてから10日以上が経っていた。

もちろん無茶苦茶な提案をしていることは分かっていた。

でももう元の自分に戻ることを考えると気持ちが鬱鬱としてしまう。それくらいオレはこのまま女性として、そして、リョウコとして生きていくほうがよっぽど楽に、自分らしく生きていけることを確信していた。

あとは仕事にやりがいを感じているリョウコも同じ思いになってくれさえすれば。つまりこのまま男性として、そして、アキラとして生きるほうが情熱的に、自分らしく生きていけると、そう答えを出してくれることを期待するばかりやった。

会社をすでに10日間も休み、
女性としてやり残したことはないのか？

本当に元の自分じゃないとできないことは残ってないのか？

その確認をすることにしたとオレに話していたリョウコ。

その期間に「どうしても元に戻りたい」とリョウコが言ってきた場合。

最後の1回だけ夫婦のセックスにチャレンジすると約束していたわけだが……、
リョウコは一向にその話をしてこない。なぜ？　戻りたいが、どうすれば最高のセックスができるかが分からない？　それとも、もう諦めた？

まあ、そうは言ってもオレは、たかを括ってるところもあった。

なぜって、「最高のセックス」とはそこに目的や必要性のないセックスのこと。

このパラドックスにリョウコ自身が気がつかない限り、オレたちが元に戻ることはできない。そんなことに今のリョウコが気づけるとは思えへんかったから。


一方オレは、そんな目的のないセックスを鉄平君と、そして時にはあずさを交えて楽しむ日々を過ごしていた。２人はオレにとって目的のないセックスを楽しむ、最高のパートナーやった。

この日も例のハプニングバーで3人で集まることになっていた。

「あらユマちゃん、今日は凄いセクシーなワンピースを着てるじゃない！　肩なんか出してやる気マンマン!!」

あずさの言う通り、この日のオレは、リョウコが元々持っている服ではなく、自分が選んだかなり丈の短いオフショルのミニワンピースをチョイスしていた。

それは、自分の中で「リョウコという人格」と「ユマという人格」とで名前を変えて使い分けをしていくと、リョウコが着たい服とユマが着たい服とが違うことに気づいたからだ。


「普段清楚なイメージのユマちゃんが、そういうセクシーなワンピースを着ると、余計にエロく感じるよ。もうオレ、やる気マンマンになってきちゃった」

鉄平君と、鉄平君の鉄平君がバッチリ反応しているご様子。

「もう金太郎君ったら！　まだ着いたばかりじゃない。せっかくハプバーに来たのに、もうちょっと楽しみましょうよ」

オレの言う〝楽しむ〟というのは、実はここに来るようになってハマった、他人のセックスを覗き見するということだ。

この「re-birth」というハプニングバーには鍵のかかる個室タイプのプレイルームと鍵のかからない大部屋タイプのプレイルームが用意されていた。この鍵のかからない大部屋タイプのプレイルームは性行為をしない人も覗き見して良いルールになっている。

なお、この部屋を使ってセックスをするということは、〝複数プレイを希望していま す〟という意思表示を意味していた。

オレが見ている目の前で、その日会ったばかりの知らない男女がセックスしている。

その光景にオレはなぜか癒された。

普段は某大手メガバンクの部長。

都内で偏差値上位の公立高校の教頭。

結婚するまで夫以外とセックスをしたことがなかったと話す専業主婦。

まさにここは性欲のサラダボウル。

社会に対する自分の仮面が本当の自分ではないことを確かめるように、その部屋ではみんながみんな、自分の本能を解放しているのだ。

オレはこの店の常連になってしばらくして、マスターに「なぜハプニングバーを始めようと思ったのか」と聞いたことがあった。

ハプニングバーを開業した理由。それは縄文時代の性愛の歴史に大きな影響を受けたからだそうだ。マスター曰く、縄文時代に残された壁画や出土品などから、男女が火の周りで自由に愛し合う祭祀が行われていたことが分かったそうだ。

焚き火の周りで男女が一晩中集団でまぐわう。そんな現代では考えられないお祭りの目的は神様に性のエネルギーを奉納するためだったとか。というのも、古来より性は「豊穣のシンボル」であり、「性的快楽は神から与えられたもの」「エクスタシーに達した時のトランス状態が最も神の世界に近づく瞬間」だと考えられていたそうだ。

そんな話をマスターから聞いていたせいかオレはこのハプニングバーに通う人たちがまぐわう非日常な光景に、神々しさと人間臭さの両方を感じていた。

完璧な自分を演じれば演じるほど人の精神は抑圧されていく。そして本来の生命の持つ力強さや輝きが失われていく。

それでも現代人は完璧な自分を演じることを止めようとはしない。

なぜなら、現代ではそれこそが素晴らしい生き方だとされているし、その生き方が上手くいっている人が賞賛されているから。

それで運よく昇格や結婚など、社会的に人が羨ましがる出来事が完了すると、自分らしくなれたと勘違いを深めていく。こうしてさらに、自分らしい自分という幻想に執着し、その自分でい続けるための戦いを続けるわけだ。

酷い場合は完全に精神の限界を超えてまでも「完璧な自分」を演じることを止めずに死んでいく人もいる。

マスターのお姉さんもそんな不器用な生き方に苦しめられ、自死を選んだのだとか。

そんなマスターだからこそ、語気を強めて言っていた。

「人には自分から逃げる必要がある時もある」と。その許可を自分に下ろしに来る人が集まる場所としてこのハプニングバーをオープンさせたそうだ。

マスターを慕って悩みを相談するためだけにここを訪れる人も少なくない。

そんなマスターの話に思いを巡らせていると、オレの思いにシンクロするようにあずさと鉄平君が会話を始めた。

「ユマちゃんはすっかりこのバーの虜になったみたいだね。でも、気持ち分かるわ。ここにいるとなんだか結局人なんて心もカラダも裸になってしまえば同じなんだって思えるもんね。自分の中にある優劣にこだわる尖った性格が丸くなっていく気がする」

「もえちゃんも良いこと言うね、分かる、分かる。オレもここにいると大手メーカーを辞めた自分の選択ってやっぱり正しかったんだなって思える。

男なのに専業主夫を選んだオレって偉いって思えるもん。その分まだ優劣にこだわってビジネスを拡大することばかりに夢中な奥さんと一緒にいるのがしんどい時もあるんだけどね」

「ありたい自分の近くで、あらねばならない自分を発揮する人がいるのはきついよね。金太郎君はもし奥さんと離婚したらどうするつもりなの？」

「オレは次に働くならここのマスターみたいに人が無理した働き方や生き方から解放されるきっかけになるような仕事がしたい。そのためもあって、向いてるかどうか分からないけど心理カウンセラーの勉強を始めたんだ」

「金ちゃんが心理カウンセラーとかウケる！　金ちゃんが心理カウンセラーになったら日本で一番スケベなカウンセラーだね」

「ははは。ホントだね。そうなったら心理カウンセラー金太郎のホームページのデザインはワタシがやってあげるよ。

ちゃんと〝明るいスケベです〟って伝わるホームページ作ってあげるね」

「それどんなデザインだよ!!」

「でもさぁ、スケベで言ったら、最近のユマちゃんも相当だよね。あんなにハプニングバーに行くことを最初は抵抗していたのに、今や、大部屋の覗き魔！」

「もう、やめてよ、覗き魔だなんて、人聞きの悪い！」

そんな風にオレたちが談笑していると、会話を聞いていたマスターがオレにとある提案をするのだった。


「ユマちゃん、大部屋で他人のセックスを覗くのが楽しいってことは、ユマちゃんもそろそろ大部屋でのプレイにチャレンジしても良い時期なんじゃない!?

ぼちぼちウチのお店の会員さんが安心できる人ばかりということも分かってきただろうし。もう1枚自分の殻を脱皮しちゃっても良い頃だと思うんだよな。

あ、金ちゃんとあずさちゃんも一緒だったら安心でしょ？」

「おっ!!　マスター流石ですね。オレもちょうどそう思ってた所なんですよ。

ユマちゃんどう？　みんなに見られながらするセックスは格別だよ」

「そうそう、ワタシと金ちゃんなんて出会ったその日に個室じゃなくて大部屋に入ったぐらいだからね」

「そう言えばそうだったね」

マスターはまだしも、鉄平君やあずさまで。確かに以前であれば、その提案はオレには考えられない選択肢やった。

しかし、マスターの話を聞いたことや、この2人と一緒にいる時間が増えたことで、より一層目的のないセックスの意味を知った。そんな今なら、あながち無茶な提案ではない気がする。

「はい、決まり!!　さぁユマちゃん、シャワー行こう!!」

きっと、顔に「行きたいです」と書いてあったのだろう。あずさはオレの手を取り、半ば無理やりにシャワー室へと向かった。

「もう、分かったよ！　もえちゃんには参りました」

そんなあずさの勢いに負け、オレは覚悟を決めた。


シャワーを済ませたオレたち3人は大部屋に集合した。この日は平日の早い時間に合流したこともあって、大部屋の中にはまだオレたちしかおらんかった。

ただオレたちが大部屋に入ったことを確認したのだろう、男性2人と同年代のカップル2人が覗き窓から大部屋を覗いている。


「じゃあ始めよっか」

鉄平君は覗かれていることなんて気にしてない素振りで、オレの内ももを愛撫した。

オレは知らない人たちに見られている事実が頭から抜けず、今まで感じたことのない羞恥心を感じ始めた。

「まだ羞恥心の残ってるユマちゃん可愛いわ」

そう耳元で囁くあずさは、そのまま耳元を唇の先で触れるか触れないかぐらいのソフトなキスをした。耳元から全身に性のエネルギーが駆け巡る。

「アン……、ダメ!! 気持ちいい。

アン……」

あずさにソフトなキスをされるたびにオレのカラダは熱くなっていく。

ただその様子を他の人に見られているのかと思うと、羞恥心が邪魔をし、快楽が弱まる自分もいた。

「ダメ!! やっぱり恥ずかしいよ……」

《アキラさん、恥ずかしがっちゃダメ。ワタシはもう覚悟は決まってるわよ。

せっかくならこの状況を楽しみましょうよ。

これからさらに自由に生きるキッカケを掴むのよ》

どうやらリョウコのカラダはこの状況を楽しんでいる様子。オレが羞恥心からもじもじしていると、先ほどまで覗き窓から覗いていた男性2人が大部屋に入ってきた。

それを見てオレの羞恥心がさらに強くなった。

「ユマちゃん、恥ずかしくてこのままだとセックスに集中しきれないよね。そう思ってオレ、今日は良いモノ持ってきたんだ」

そう言って鉄平君がポケットからあるモノを取り出した。

鉄平君が取り出したのは、アイマスクやった。


「さすが金ちゃん!! ナイスアイデア!」

あずさはそう言って、鉄平君が持ってきたアイマスクをオレに装着した。

視覚を奪われたオレは、外部の世界との接点が完全になくなった。

「ユマちゃん、余計なことは考えず今日はカラダの感覚だけに集中するのよ。誰にされてるとか、誰に見られているなんて概念は一切抜きにして、カラダが感じる快楽だけに意識を向けてみて。

ワタシに触られているのか？ 金ちゃんに触られているのか？ それとも知らない誰かに触られているのか？

そんなことは一切考えずにカラダの感覚にだけ集中するのよ。

ただ、気持ち良いという感覚にね。

触れているのは全てもう1人の自分だと思って集中してみるといいわ」

オレはあずさの言うその言葉の意味を、視覚が奪われた真っ暗な内なる世界の中で噛み締めていた。


この真っ暗な世界の中ではオレしかいない。

オレに触れてくるのは全部もう1人のオレ。

今キスをしてくれるのももう1人のオレ。

今乳首を吸っているのももう1人のオレ。

今クンニをしているのももう1人のオレ。

今膣に指を挿れているのももう1人のオレ。

今アナルを舐めているのももう1人のオレ。

今強く抱きしめてくるのももう1人のオレ。

リョウコのカラダを喜ばせるために外側から性のエネルギーを注いでくる外側の存

在は全てもう1人のオレや。

視覚を奪われ自分の内なる世界にいるオレは、自分のカラダを一体何人の人が触れているのか段々分からなくなっていく。

そしてとうとう、鉄平君のモノなのか、はたまた誰か知らない男のモノなのか、誰のものか分からない熱くて硬いペニスがオレの中に入ってくる。


いや、そうだ。今熱くて硬いペニスを挿れているのももう1人のオレ。

この真っ暗な世界の中ではオレしかおらへん。

オレはイメージの中でますますオレ自身に抱かれていた。

リョウコの姿をしたオレを抱くオレの姿をしたオレ。

熱く硬いペニスを通してリョウコのカラダにオレからの愛がどんどんと満たされていく。


「あぁぁぁぁ、気持ちいい」

内なる世界の中でオレの声だけが響きわたる。

やがて、その内なる世界を創り出していた内なる視覚さえも段々と失われていく。

そして、真っ暗だった内なる世界は、まるで陽が差し込んだように真っ白になっていく。こうしてもはや自分の存在さえもこの世から消えてなくなってしまいそうになった次の瞬間、リョウコのカラダがオレに声をかけた。


『アキラさん、ありがとう。

こんなにもワタシを愛してくれてありがとう。

どうやらこれでお別れのようよ。

もうワタシはこれで思い残すことは何もないわ……。

アナタのことを愛している。これまでも、これからも』

意識が朦朧としてリョウコのカラダの声が何を言っているのか、その言葉の意味が分からないままオレは深いオーガズムに達した。

それと同時に、一瞬気を失ってしまったのである。

これまでのどんなセックスよりも気持ち良く、控えめに言って「最高のセックス」やった。そう、オレの意識を飛ばすほど。

しばらくして、意識を取り戻したオレは、真っ暗な世界の中で、誰かに抱きしめられている感覚に気がついた。

オレを抱きしめているそのカラダは柔らかい。肌の感覚からするに、女性のカラダ。きっとあずさや。

ところでどれだけ激しいセックスをしたのだろう。アイマスクが何処かに吹き飛んでしまっている。しかし、今はそんなことはどうでもいい。この温もりの正体を確かめるべく目を開けると、目の前にいたのはなんと……

リョウコやった。

「えっ!?　リョウコ!?　なんで!?」

オレは全く状況が掴めへんかった。

「気持ち良かったわよ、あなた。最高のセックスだった」

一体何が起きているのかさっぱり状況が掴めないオレは、混乱したまま自分の姿をプレイルーム全体を覆っている鏡で確認した。

そこには、リョウコとリョウコが写っていた。もう意味が分からない。

「どういうこと!?　リョウコが2人いる！　それじゃあアキラのカラダは一体どこへ消えたの!?」

「ひゃひゃひゃひゃひゃひゃぁーーー!!!

止めて、お腹痛い!!!

面白過ぎてお腹が痛いわよ。

ひゃひゃひゃひゃひゃひゃあーー!!!

アキラ君のその顔マジでウケる」

え？　アキラ？　オレはリョウコやぞ？　いや、というかあずさとリョウコが同じ場所にいて、そこに鉄平君までいて、オレだけがいない。これは完全に最高のオーガズムによって、別のパラレルワールドに迷い込んでしまったに違いない！

そう思った。しかし、そんなオレに関西弁のアイツが話しかけてきた。

『アホォ!!　しっかりせい!!

さっさと自分の股間に手当てて、この状況を確認せい!!』

そう、オレのカラダの声である。

その声の通り恐る恐る、自分の股間に手を当てた。


つ、ついている！

どうやら、見た目はリョウコだが、今のオレのカラダはアキラになったらしい。確かに鏡ごしによーく自分の姿を見ると、髪はカツラだし、体型だって35年間慣れ親しんだアキラだ。ああ、もう訳が分からない！

混乱の渦に飲み込まれそうになるオレに、鉄平君がさらに混迷を極める一言を言うのだった。

「何も知らないのはもうあなただけですよ。未来君パパ」

なぜ鉄平君は、オレが未来の父親だと知っているというのだ。

ますますパニックに陥るオレにリョウコが諭すように、語りかけた。

「あなたはワタシソックリに女装したワタシと目隠しされたままセックスをしたの。だから今鏡に映っているのは、ワタシにソックリだけど紛れもないあなたなのよ」

鏡に映る正真正銘女性の姿をしたオレの姿を見て、全身から力が抜けるのが分かった。それは決して、落胆という意味ではない。むしろ、温かいお風呂につかったような安心感がオレを包んだのである。

「もうこれからは無理に〝男らしく〟しなくていいのよ、あなた」

リョウコが畳み掛ける。そう言ってリョウコはオレを力強く抱きしめた。

本当は臆病で弱虫な女の子を抱きしめるように、力強く。


このハプニングバーで、これまでの人生で起きたどんなことよりも驚くハプニングが待っていようとは。どうやら、オレたちがこうして元に戻るためのハプニングを起こそうと企画したのは、マスターらしい。

さすが、〝ハプニング〟バーのマスターである。


それからオレは、鉄平君やあずさ、そしてリョウコから、今日までの経緯を全て聞かせてもらった。

あずさにセックスの本質を教えてもらっていたこと。

新宿でばったり会ったこと。

鉄平君とオレの関係性も。

全部、全部。

「どうすれば、元に戻ることができるか？」

そんな話し合いの中で、マスターが言ったそうや。

セックスにおいて「自分の中で〝誰とする〟から価値があるし、意味がある」という思考が本能を解放することに対するブロックを作ると。

そこで、オレたち夫婦が、そんな思考にとらわれずセックスをできるシチュエーションはこれしかないと、今回のハプニングに至ったのだとか。

なんと、覗き窓から覗いていた男性2人もカップルも、エキストラだったのだ。

「あずささんも、陸斗君パパも本当にありがとう。あなたたちが協力してくれなかったら元に戻ることはできなかった」

「酷いわ、みんな。グルになってオレを騙してたやなんて！」

「アキラ君がリョウコちゃんに意地悪するからじゃない！　ちゃんと奥さんのカラダは奥さんに返してあげないと。

別に元に戻ってもワタシとはセックスできるわけだから」

「そうですよ。未来君パパ。オレで良かったらいつでも〝ユマちゃん〟として可愛いがってあげますよ」

「ちょ、ちょっと、2人ともリョウコの前で何言ってんねん!!　不味いって」

「もう!!　この場に及んで、何を焦ってるのよ！　アキラがそんなにも外でよろしくやってたなんてびっくりよ！」

「お、怒ってるよな。ごめん」

「もう、そんな顔しないでいい。

　この88日間の間、ワタシだってあなたに言えないこと、いっぱい、いっぱいした。だからお互いさまってことで良いわよ」

「えっ!?　オレに言えないことって何だよ!!　オレだけ知らないなんて不公平だろ!!」

「それは秘密のままよ。セックスレスなのに自分だけあずささんと気持ちいいことしてた罰よ。

　まぁ女装をしてあんなこと、こんなことしてやったからお尻の穴は前よりガバガバになってるわ。トイレに行きたくなったら早めに行くことね」

「おい!!　マジかよ!?　お前って怒るとホント無茶苦茶するよな」

「ひゃひゃひゃひゃひゃひゃぁーーー!!!

止めて、お腹痛い!!!

面白過ぎてお腹が痛いわよ。

ひゃひゃひゃひゃひゃひゃあーー!!!

まあでも良かったじゃない。進化した状態で元に戻れて」

あずさがオレたちを取りまとめてくれたおかげで、あり得ない話をしているのに、その場は笑いに包まれた。

そんな和やかな雰囲気を一蹴するようにリョウコが真面目な顔つきで言った。

「それとあずささんに、鉄平君、これからのことは帰ってから夫婦でよく話し合いますから、このままアキラを3P仲間にカウントしないでね。もちろん個別でもダメですからね。

今までのことは協力して貰ったお礼として水に流しますけど、ここから先はまた別ですから。もし疑わしいことがあればその時は容赦なく法的手段を取らせて貰いますから！」

あずさと、鉄平君はキョトンとした顔で言葉を失っていた。

「リョウコ……お前、結局何も変わってないままだな」

「もちろんよ。夫婦が夫婦でいる以上ルールは守って貰うわ。でもあなたがこれからどう生きていきたいのかはちゃんと尊重するつもりよ。ワタシももちろん色々とあなたと話したいことが溜まってるんですから！さぁ、帰って夫婦で作戦会議といきましょう」

相変わらず枠にとらわれるリョウコもいたけれど、そんなこと気にならないくらい、88日後に会うリョウコはたくましく頼り甲斐のある女性になっていた。

そのハプニングがあった日の夜。オレたちはもうひとつのとんでもないハプニングを迎えようとしていた。

EPILOGUE

自分で自分を幸せにする勇気

ハプニングバーから帰った日の夜、子供たちが寝静まったことを確認したワタシたちは作戦会議を始めた。

と言っても、実はすでに、ワタシはワタシの中で大きな決断をしていた。

それはアキラと離婚をすることだ。

「離婚してください」

そう伝えると、アキラは頑なに「離婚せずに夫婦として一緒にやっていくこと」を説得してきた。でもワタシはそんな提案に動じることはなかった。

「何でやねん!!　確かにオレはお前を裏切るようなことをいっぱいしてきた。でもオレはやっぱりお前と一緒に夫婦としてやっていきたい！　最高のセックスだってできたし、これからは進化した夫婦としてやっていけるって今日、確信したから！」

「もう、その〝夫婦として〟っていうのが嫌なのよ!!

あなたがワタシのことを妻として、子供たちの母親としてはちょうど良い女だって色メガネで見ているうちはワタシは幸せになれないってことに気づいたの。

もちろんそれはワタシがずっと望んだことでもあったけどね。

でも、今は違うわ。ワタシはやっぱり今でもあなたのことが好き。

だけど……だからこそ、妻でもなく、母親でもなく、ちゃんと1人の女性としてワタシを見て欲しいの。

それでワタシはあなたの妻を卒業することに決めた。

お願いアキラ！　分かって欲しいの」

それからも頑なに意見を変えないワタシを見て、いよいよアキラは観念した。

ワタシはワタシなりに、新しい生き方を見つけたのだ。

〝女らしさ〟ということにとらわれ続けて生きてきたこの35年間。でも、そんなこだわりが逆に、ワタシを女らしさから遠ざけていた。

女性は、夫を支えてこそ女性らしくなれる。

女性は、子供を産んだ後、家に入ることで女性らしくなれる。

女性は、品があって、男性の言うことを聞いている時、女性らしくなれる。

そんな勘違いが、ワタシを窮屈な箱に閉じ込めていたのである。

だからもうワタシはワタシのために、ワタシを小さな箱から解放してあげる。

そう決めたのだ。

2人で話し合った結果、今住んでるマンションにはワタシと子供たちが住み続け、アキラは近くのマンションで一人暮らしすることになった。

離婚を決めた次の日、早々にワタシは離婚届を手に入れ、必要事項を埋めていった。

証人はあずささんと陸斗君パパ。

「これからのワタシたちの未来を見守る証人になってください」という意味を込めて。

「おいおい、何もそんなに急いでことを進めんくてもええんちゃうか？」

「何言ってんのよ!? こういうのは決心が鈍らないうちにやっておかないとダメなのよ。それに有休を取ってる間に済ませられることを済ませたほうがあなたも新しい気持ちで仕事に復帰できるでしょ！」


こうして早速次の日、ワタシたちは2人揃って、区役所に離婚届を提出しに行くのだった。


「リョウコ、離婚届を出しに行くのになんちゅう格好してるねん！」

アキラがそう言うのも無理はない。

だって、その日ワタシが着ていたのは、アキラがワタシのカラダだった時に買った、オフショルダーのミニワンピースだったのだから。前までのワタシだったら、絶対にこんなセクシーな服装はしない。

まじまじとワタシを見るアキラの鼻の下が伸びているのが分かった。


いよいよ区役所の窓口で受付番号を受け取った。

するとアキラが、言葉を詰まらせながら言った。


「なあ、ほんまに離婚せなあかんのか？　オレ、やっぱりこのままやと後悔する気がするねん」

そんなアキラの言葉に、惑わされぬよう、ワタシはぴしゃりとアキラに言い放った。

「今さら何言ってんのよ！　本当ならあずささんと不倫してたことであなたを訴えて慰謝料たっぷり貰ったっていいんだからね！

それもなしで精算してあげるんだから、感謝しなさい！」

多分、これはアキラへの最後の嘘だ。

本当は、ワタシも離婚届けを持つ手が震えていた。

本当にこれでいいのだろうか？　と。

しかし、もう決めたこと。それに、せっかく芽生えた自分で自分を幸せにする勇気を何より大事にしたかった。

「69番でお待ちの方、こちらへどうぞ」

さあ、いよいよ新しい扉の前に立つ門番からの掛け声が聞こえてきた。

こうしてワタシたちは「離婚」というスタートを切ったのである。

「ねえ、スッキリしたことだし、なんか美味しいものでも食べて帰らない？」

「マジで切り替えが早くなったなお前。入れ替わる前とは別人やわ、ほんま」

「当たり前でしょ!!　88日も別人として暮らしてきたんだから。そりゃ少しは男らしくもなるわよ。あなたは逆に女っぽくなっちゃったんじゃないの？」

「ははは……。そりゃそうかもな。リョウコの言う通り、オレも変わったのかも」

ワタシたちは、区役所からの帰り道、出会ってからこれまでのヒストリーを遡りながら帰った。

アキラが職場でワタシに一目惚れした時の話。

ワタシがアキラのことを最初は仕事に熱血でウザい同僚だと思って避けていた話。

飲み会終わりに帰り道がたまたま一緒でお互いのこれからの仕事のビジョンを語り合った話。

それがきっかけでワタシがアキラを男として意識し始めた話。

初めてデートで連れて行ってくれたのが焼肉屋ということに「デリカシーがなさ過ぎる！」と苛立っていた話。

そんなワタシたちが過ごした過去の話に花を咲かせていると、ワタシの視界にとあるビルの姿が入ってきた。

ラブホテルである。

「ねぇ、アキラ、セックスしようよ」

気づいた時にはそんな声が漏れていた。

しかし、アキラは渋い表情を浮かべている。

「こんな昼間っから。しかもさっき離婚届け出したばっかりでそんな気分には……」

アキラがワタシの言葉をそんな風に突き返そうとしたその時だった。


〘もう要らんこと考えんでええんやで。

リョウコちゃんのこと大好きなんやろ⁉　結局。

妻とか母親とか、そんな要らんしがらみがなくなったんや。

ここで自分に嘘ついたら男ちゃうで。マジで。

今日のリョウコちゃん、もう最高にセクシーやんか。

離婚をネガティブに捉えんかてええ。リョウコちゃんは今、1人の女としてお前に見て貰うために勇気ある選択をしたんや。

そこでお前がモヤモヤしてどうすんねん‼

これがワシの最後の言葉や。

自分が愛されることに色々条件付けせんでええ。

真っ直ぐに愛されたり』

『アキラさん、お願い。これからもワタシを気持ち良くしてね。男らしさや、女らしさの鎧を捨てて、ワタシたちのまま愛し合いましょう』

ワタシたちのカラダの声である。

確かいざという時は、カラダは持ち主に伝わるように必要なメッセージを送ると、入れ替わってすぐの頃、言っていた。

まさか、直接語りかけてくるとは。

それでも、そんなカラダの声が、ワタシたちの状況を一変させた。

カラダの声に背中を押されたのだろう。アキラはワタシの手を握りしめ言った。

「リョウコ、実はオレ嘘ついた。朝からずっとリョウコに今までにはない色気を感じててん。

今のリョウコと、セックスしたい。

一緒にしよう、この間、ハプニングバーでしたよりも、もっと最高のセックスを」

セックスをして貰えなかったワタシと今のワタシの違い。それは沢山あり過ぎて言葉にし尽くせない。

でもひとつだけ今のワタシしか知らないことを言葉にするなら……、
何も付け足さなくてもワタシはワタシだということ。

そして、そんなワタシでいる時こそ、大きな幸せを感じられる最高の時間だということ。

だから今からアキラとしようと思う。

さっきまで夫婦だったことを忘れてしまうぐらいの最高のセックスを。

クノタチホ

100人の男女とセックスをしたバイセクシュアルのカウンセラー。男女両性としての恋愛・セックスの経験をもとに、セックス、恋愛、結婚、離婚、不倫など3000人以上の異性関係の改善を担当してきた。女性の気持ちも男性の気持ちも両方の気持ちが分かるカウンセラーとして口コミが広まり、毎月の予約は数時間で埋まるほどの人気に。なお、年商5億円の会社を営む経営者の顔も持つ。米国NLP協会認定トレーナー、内閣総理大臣認定NPO認定心理カウンセラー1級、アルマ・クリエイション認定フューチャーマッピングファシリテーターの有資格者。

恥部替物語

2023年2月1日　初版印刷
2023年2月10日　初版発行

著者　クノタチホ
発行人　植木宣隆
発行所　株式会社サンマーク出版
〒169-0075
東京都新宿区高田馬場2-16-11
（電話）03-5272-3166
印刷　株式会社暁印刷
製本　株式会社若林製本工場

ISBN978-4-7631-4042-5　C0095

サンマーク出版ホームページ　https://www.sunmark.co.jp